TIEMPO PARA CREAR, TIEMPO PARA MATAR

SERIE NEGRA

LAWRENCE BLOCK

TIEMPO PARA CREAR, TIEMPO PARA MATAR

Traducción de
Antonio Iriarte

RBA

Título original inglés: *Time to Murder and Create*.
© Lawrence Block, 1976.
Publicado de acuerdo con el autor, c/o Baror International, Inc., Armonk,
Nueva York, Estados Unidos.
© de la traducción: Antonio Iriarte, 2012.
© de esta edición: RBA Libros, S.A., 2018.
Avda. Diagonal, 189 - 08018 Barcelona.
rbalibros.com

Primera edición: mayo de 2012.
Primera edición en esta colección: noviembre de 2018.

REF.: OBFI268
ISBN: 978-84-9187-165-1
DEPÓSITO LEGAL: B. 21.489-2018

Impreso en España · Printed in Spain

Por ello fue creado en primer lugar un único hombre,
para enseñaros que quienquiera que destruya una sola alma
de entre los hijos del hombre, las Escrituras lo condenarán
como si hubiese destruido el mundo entero.

EL TALMUD

1

Recibí sus llamadas telefónicas siete viernes seguidos. No siempre estuve presente para atenderlas. No importaba, porque él y yo no teníamos nada que decirnos. Si estaba fuera cuando llamaba, al volver al hotel me encontraba una nota con el recado en mi casillero. Le echaba un vistazo, la tiraba y me olvidaba del asunto.

Y luego, el segundo viernes de abril, no llamó. Me pasé la noche en el Armstrong, tomando bourbon y café y mirando a un par de médicos internos fracasar en su intento de impresionar a un par de enfermeras. El local se fue vaciando temprano para ser viernes, y a eso de las dos de la madrugada Trina se marchó a casa y Billie cerró la puerta para que la Novena Avenida se quedase fuera. Nos tomamos un par de copas y charlamos de los Knicks y de cómo todo dependía de Willis Reed. A las tres menos cuarto cogí mi abrigo del perchero y me fui a casa.

No tenía mensajes.

No tenía por qué significar nada. Nuestro acuerdo era que me llamaría todos los viernes para hacerme saber que seguía vivo. Si yo estaba ahí para atender su llamada, nos saludaríamos. En caso contrario, me dejaría un recado: «Su ropa ya está lavada». Pero podía habérsele olvidado, o estar borracho, o casi cualquier cosa.

Me desnudé, me metí en la cama y me quedé de lado, mirando por la ventana. Hay un edificio de oficinas en el centro, a diez o doce manzanas, en el que dejan las luces encendidas toda la noche. Se puede medir con bastante precisión el grado de contaminación del aire por cómo parecen parpadear las luces. Esa noche no solo parpadeaban una barbaridad, sino que incluso tenían una pátina amarillenta.

Me di la vuelta, cerré los ojos y pensé en la llamada que no había recibido. Decidí que ni se le había olvidado ni estaba borracho. Spinner estaba muerto.

Lo llamaban Spinner* por una costumbre que tenía. Llevaba un antiguo dólar de plata a guisa de amuleto de la suerte y solía sacarlo sin parar del bolsillo de los pantalones, lo ponía de canto sobre la mesa sujetándolo con la punta del índice izquierdo, y luego le daba un papirotazo con el dedo medio derecho. Si estaba hablando contigo, sus ojos no se apartaban de la moneda, que daba vueltas, y parecía que sus palabras se dirigían al dólar tanto como a uno.

La última vez que asistí a esa demostración fue una tarde entre semana de primeros de febrero. Me encontró en mi mesa acostumbrada, en una esquina del Armstrong. Iba vestido con elegancia de Broadway: traje gris perla con mucho brillo, camisa gris oscuro con iniciales bordadas, corbata de seda a juego con la camisa, alfiler de corbata con una perla. Llevaba zapatos de esos de suela de plataforma que te hacen un par de centímetros más alto. En su caso, elevaban su estatura hasta el metro sesenta y cinco o metro setenta tal vez. El abrigo que llevaba al brazo era azul marino y parecía de cachemira.

—Matthew Scudder —dijo—, estás igual que siempre. ¿Cuánto tiempo ha pasado?

—Un par de años.

—Demasiado, ¡joder! —Dejó su abrigo en una silla libre, puso un delgado maletín de ejecutivo encima y colocó un som-

* *Spinner* deriva del verbo *to spin*, 'hacer girar'. En este caso, pues, tendría el significado de 'el que hace girar'. (*N. del t.*)

brero gris de ala estrecha sobre el maletín. Se sentó frente a mí al otro lado de la mesa y extrajo su amuleto de la suerte del bolsillo. Miré cómo lo ponía a dar vueltas—. Verdaderamente demasiado, Matt —le dijo a la moneda.

—Tienes buen aspecto, Spinner.

—Llevo una buena racha.

—Eso siempre viene bien.

—Mientras dura.

Trina se acercó y le pedí otra taza de café y un bourbon. Spinner se volvió hacia ella y retorció su estrecha carita poniendo un ceño inquisitivo.

—Caray, no sé —dijo—. ¿Sería posible que me trajeras un vaso de leche?

Trina respondió afirmativamente y se fue a buscarlo.

—Ya no puedo beber —me dijo—, es por esta jodida úlcera.

—Es lo que trae el éxito, o eso dicen.

—A mí lo que me trae es exasperación, eso es lo que me trae. El médico me dio una lista de lo que no puedo comer: todo lo que me gusta está ahí. Lo tengo de muerte: puedo ir a los mejores restaurantes y pedir un plato de puto queso blanco.

Puso de canto el dólar y lo hizo girar.

Lo conocí hace años, cuando estaba en la policía. Había sido detenido quizás una docena de veces, siempre por delitos menores, pero nunca había ido a la cárcel. Se las había arreglado siempre para comprar su libertad, con dinero o con información. Una vez me sirvió en bandeja un buen arresto, el de un perista, y en otra ocasión nos dio una pista en un caso de homicidio. Cada tanto, nos pasaba información, cosas que había oído por ahí, a cambio de un billete de diez o de veinte dólares. Era pequeño y nada impresionante, y sabía desenvolverse; mucha gente era lo bastante estúpida para no prestarle atención y hablar delante de él.

—Matt —me dijo—, no he entrado aquí de la calle por casualidad.

—Ya me parecía.

—Sí. —El dólar empezó a temblar, y lo atrapó. Tenía manos muy rápidas. Siempre pensamos que era un antiguo carterista, pero creo que nadie lo consiguió detener nunca por eso—. Lo que ocurre es que tengo problemas.

—También suelen venir con las úlceras.

—Puedes apostarte la vida en ello. —Hizo girar la moneda—. Lo que pasa es que tengo algo que quiero que me guardes.

—¿Sí?

Bebió un sorbo de leche. Dejó el vaso en la mesa y alargó la mano para tamborilear con los dedos sobre el maletín.

—Tengo un sobre aquí dentro. Quiero que me lo guardes. Que lo pongas en un lugar seguro, donde nadie pueda encontrarlo, ¿sabes?

—¿Qué hay en el sobre?

Movió ligeramente la cabeza con impaciencia.

—Parte del asunto es que no tienes que saber qué hay en el sobre.

—¿Cuánto tiempo tengo que guardártelo?

—Bueno, esa es la historia completa. —Hizo girar la moneda—. Mira, a una persona pueden pasarle muchas cosas. Yo podría salir a la calle, bajar de la acera y que me atropellara el autobús de la Novena Avenida. Hay cantidad de cosas que pueden pasarle a uno. Nunca se sabe.

—¿Alguien anda detrás de ti, Spinner?

Alzó los ojos hasta los míos y luego los bajó rápidamente.

—Pudiera ser —dijo.

—¿Sabes quién es?

—Ni siquiera sé si andan detrás de mí, así que no te preocupes por quién. —La moneda empezó a temblar, la atrapó; volvió a ponerla a girar.

—El sobre es tu póliza de vida.

—Algo así.

Bebí café. Le dije:

—No sé si soy la persona adecuada para esto, Spinner. Lo habitual sería coger el sobre y llevárselo a un abogado junto a unas instrucciones. Él lo guardaría en una caja fuerte y ya está.

—Ya había pensado en eso.

—¿Y?

—No vale la pena. La clase de abogados que yo conozco abrirían el puto sobre en cuanto saliese de su despacho. Y un abogado honesto se lavaría las manos en cuanto me echara la vista encima.

—No necesariamente.

—Hay algo más. Supongamos que me atropella un autobús. En ese caso, el abogado tendría que hacerte llegar el sobre a ti. De este modo nos ahorramos el intermediario, ¿de acuerdo?

—¿Por qué tiene que acabar ese sobre en mis manos?

—Lo descubrirás cuando lo abras. Si lo abres.

—Es todo un tanto tortuoso, ¿no te parece?

—Las cosas están muy complicadas últimamente, Matt. Úlceras y exasperación.

—Y la mejor ropa que te he visto en tu vida.

—Sí, pueden enterrarme con ella, no te jode. —Giró la moneda—. Mira, todo lo que tienes que hacer es llevarte el sobre, meterlo en una caja de seguridad o algo así, en algún sitio, eso ya es cosa tuya.

—¿Y si me atropella un autobús a mí?

Se lo pensó y llegamos a un acuerdo. El sobre estaría debajo de la alfombra de mi habitación de hotel. Si yo muriera repentinamente, Spinner podría pasarse por allí y recuperar su propiedad. No necesitaría llave. Nunca había necesitado una.

Establecimos los detalles, lo de la llamada telefónica semanal, el mensaje neutro si yo no estaba. Pedí otra copa. A Spinner aún le quedaba mucha leche.

Le pregunté por qué me había escogido a mí.

—Bueno, siempre jugaste limpio conmigo, Matt. ¿Cuánto tiempo hace que dejaste el cuerpo? ¿Un par de años?

—Algo así.

—Sí, dimitiste. No me enteré muy bien de los detalles. ¿Mataste a un crío o algo así?

—Sí. En acto de servicio, una bala rebotó donde no debía.

—¿Te causó muchos problemas con las autoridades?

Miré mi café y recordé. Una noche de verano. Hacía un calor terrible; el aire acondicionado estaba haciendo horas extra en el Spectacle, un bar de Washington Heights donde los policías podíamos tomar copas por cuenta de la casa. Yo estaba fuera de servicio, aunque en realidad nunca lo puedes estar, y dos chavales eligieron esa noche para atracar el local. Mataron al barman de un tiro al marcharse. Los perseguí por la calle, maté a uno y le astillé el hueso de la cadera al otro.

Pero uno de mis disparos falló y, al rebotar, la bala fue derecha al ojo de una niña de siete años llamada Estrellita Rivera. Le entró por el ojo y, atravesando tejido blando, llegó hasta el cerebro.

—Eso estaba fuera de lugar —dijo Spinner—. No debería haberlo mencionado.

—No, no pasa nada. No tuve ningún problema. De hecho, recibí una felicitación. Hubo una investigación y me exoneraron por completo.

—Y entonces abandonaste el cuerpo.

—De alguna forma, perdí el gusto por el trabajo. Y por más cosas: una casa en Long Island. Mi mujer. Mis hijos.

—Supongo que a veces pasa —dijo.

—Supongo que sí.

—¿Y qué haces entonces? Eres una especie de detective privado, ¿no?

Me encogí de hombros.

—No tengo licencia. A veces le hago favores a la gente y me pagan por ello.

—Bueno, volviendo a nuestro asuntillo. —Volteó la moneda—. Sería un favor, eso es lo que harías.

—Si tú lo dices...

Atrapó el dólar en pleno giro, lo miró y lo dejó encima del mantel a cuadros azules y blancos.

—No querrás que te maten, ¿verdad, Spinner? —dije.

—No, joder.

—¿No puedes escurrir el bulto?

—Tal vez. O tal vez no. No hablemos de esa parte, ¿vale?

—Lo que tú digas.

—Porque cuando alguien quiere matarte, ¿qué cojones puedes hacer al respecto? Nada.

—Probablemente tengas razón.

—¿Te ocuparás de esto por mí, Matt?

—Me quedaré con tu sobre. Aunque no puedo decirte qué haré si tengo que abrirlo, porque no sé qué hay en él.

—Si llega ese momento, lo sabrás.

—No te garantizo que lo vaya a hacer, sea lo que sea.

Se quedó mirándome un rato largo, viendo en mi cara algo que yo ignoraba que estuviese allí.

—Lo harás —dijo.

—Tal vez.

—Lo harás. Y si no, yo no me enteraré, qué carajo. Escucha, ¿cuánto quieres por adelantado?

—No sé qué se supone que tengo que hacer.

—Quiero decir por guardar el sobre. ¿Cuánto quieres?

Nunca he sabido fijar honorarios. Lo pensé un momento.

—Está muy bien ese traje que llevas —dije por fin.

—¿Cómo? Gracias.

—¿Dónde lo has comprado?

—En Phil Kronfeld. Arriba en Broadway, ¿lo conoces?

—Sé dónde está.

—¿De verdad te gusta?

—Te sienta bien. ¿Cuánto te costó?

—Trescientos veinte.

—Pues entonces ese será mi precio.

—¿Quieres el puto traje?

—Quiero trescientos veinte dólares.

—Oh. —Meneó la cabeza, divertido—. Me lo he creído por un momento. No podía entender para qué carajo querrías el traje.

—No creo que me valga.

—Supongo que no. ¿Trescientos veinte? Sí, es un número tan bueno como otro cualquiera. —Sacó una gruesa billetera de cocodrilo y de su interior extrajo seis billetes de cincuenta y uno de veinte—. Tres dos cero —dijo, tendiéndomelos—. Si esto se alarga y quieres más, házmelo saber. ¿De acuerdo?

—De acuerdo. ¿Y si necesitara ponerme en contacto contigo, Spinner?

—No.

—Vale.

—Mira, no tendrás que hacerlo, y aunque quisiera darte una dirección, no podría, de todas maneras.

—Vale.

Abrió el maletín y me pasó un sobre de papel Manila de unos veinte por treinta centímetros, sellado por ambos extremos con cinta aislante. Lo cogí y lo puse a mi lado en la banqueta. Le dio una vuelta al dólar de plata, lo recogió, se lo metió en el bolsillo y le pidió la cuenta a Trina. Dejé que la pagara, y añadió dos dólares de propina.

—¿Qué es lo que te hace tanta gracia, Matt?

—Solo que nunca te había visto pagar la cuenta hasta ahora. Y te he visto llevarte las propinas que dejaban otras personas.

—Bueno, las cosas cambian.

—Supongo que sí.

—Eso de llevarme las propinas ajenas no lo hice tan a menudo. Se hacen muchas cosas cuando se tiene hambre.

—Seguro.

Se puso en pie, dudó y finalmente me tendió la mano. Se la estreché. Se dio la vuelta para irse y lo llamé:

—¿Spinner?

—¿Qué?

—Has dicho que la clase de abogados que conoces abrirían el sobre en cuanto salieras de su despacho.

—Puedes apostar tu vida.

—¿Qué te hace pensar que yo no lo haré?

Se quedó mirándome como si mi pregunta fuese estúpida.

—Tú eres honrado —dijo.

—Ay, Dios. Sabes que solía aceptar sobornos. Te dejé comprar tu libertad en uno o dos arrestos, por amor de Dios.

—Sí, pero siempre fuiste legal conmigo. Hay honradez y honradez. Tú no abrirás el sobre hasta que tengas que hacerlo.

Sabía que él estaba en lo cierto. Lo que no sabía era cómo lo sabía él.

—Cuídate —le dije.

—Claro, tú también.

—Ten cuidado al cruzar la calle.

—¿Cómo?

—Estate pendiente de los autobuses.

Se rio un poco, pero no creo que le pareciese gracioso.

Ese mismo día, más tarde, me paré en una iglesia y metí treinta y dos dólares en el cepillo de los pobres. Me senté en un banco hacia atrás y pensé en Spinner. Me había dado dinero fácil. Lo único que tenía que hacer para ganarlo era no hacer nada.

De vuelta en mi habitación, enrollé la alfombra y puse el sobre de Spinner debajo, centrándolo bajo la cama.

La criada pasa la aspiradora de vez en cuando, pero nunca mueve los muebles. Volví a dejar la alfombra en su sitio y me olvidé del sobre rápidamente. Desde aquel día, todos los viernes, una llamada o un recado me aseguraban que Spinner seguía vivo y que el sobre podía quedarse ahí donde estaba.

2

Durante los siguientes tres días leí los periódicos dos veces al día mientras seguía esperando una llamada telefónica. El lunes por la noche compré la edición temprana del *Times* de camino a mi hotel. En la sección «Noticias breves metropolitanas» siempre aparecen sueltos sobre crímenes bajo el encabezamiento «Del registro de incidencias de la policía». El último era el que yo estaba buscando. Habían sacado del East River a un hombre con el cráneo hundido y sin identificar, blanco, de una estatura aproximada de metro setenta, de unos sesenta kilos de peso y unos cuarenta y cinco años.

Podía ser. Yo habría dicho que era unos años mayor y que pesaba unos kilos menos, pero por lo demás me resultó muy familiar. No podía estar seguro de que fuese Spinner. Ni siquiera podía estar seguro de que a ese hombre, quienquiera que fuese, lo habían asesinado. Los daños en el cráneo podían haberse producido cuando ya estaba en el agua. En la noticia no había nada que indicase cuánto tiempo había pasado el cuerpo en el agua. Si llevaba más de diez días, no se trataba de Spinner; había sabido de él el viernes anterior.

Miré mi reloj. No era demasiado tarde para llamar a alguien, pero sí lo era, y mucho, para llamar como si no tuviese importancia. Y era demasiado pronto para abrir el sobre. No quería hacerlo hasta estar muy seguro de que Spinner había muerto.

Me tomé un par de copas más de lo acostumbrado, porque el sueño tardaba en llegar. Por la mañana desperté con dolor de cabeza y mal sabor de boca. Recurrí a la aspirina y el enjuague y me bajé a desayunar al Red Flame. Compré una edición tardía del *Times*, pero no incluía nada nuevo sobre el cuerpo hallado en el río: era el mismo artículo de la edición anterior.

Eddie Koehler ya es teniente ahora, destinado en la comisaría del Distrito Sexto, al oeste del Village. Llamé desde mi cuarto y conseguí que me pasaran con él.

—Hombre, Matt —dijo—, ¡cuánto tiempo!

No hacía tanto, ni mucho menos. Me interesé por su familia, y él, por la mía.

—Están bien —respondí.

—Siempre podrías volver con ellos —dijo.

No podía, por muchas más razones de las que estaba dispuesto a discutir. Tampoco podía volver a llevar placa, pero eso no le impidió preguntármelo.

—Supongo que no estarás listo para volver a unirte a la raza humana, ¿no?

—Eso no va a pasar, Eddie.

—Ya, es mejor vivir en un tugurio y pasarlas putas para ganar cada dólar. Mira, si quieres empinar el codo hasta matarte, es asunto tuyo.

—Así es.

—Pero ¿qué sentido tiene pagar tus copas cuando podrías beberlas gratis? Has nacido para ser poli, Matt.

—El motivo de mi llamada...

—Claro, tiene que haber un motivo, cómo no.

Esperé un minuto. Luego dije:

—Me ha llamado la atención una noticia del periódico, y a lo mejor me puedes ahorrar un viaje a la morgue. Ayer sacaron un fiambre del East River, un tipo pequeño, de mediana edad.

—Ya, ¿y?

—¿Podrías averiguar si lo han identificado ya?

—Probablemente. ¿Por qué te interesa?

—Hay un marido desaparecido al que ando más o menos buscando. La descripción coincide. Podría acercarme al depósito y echarle un vistazo, pero solo lo conozco de fotografías, y al cabo de un tiempo en el agua...

—Ya, vale. Dime cómo se llama tu tipo y lo comprobaré.

—Vamos a hacerlo al revés —dije yo—. Se supone que esto es confidencial, no quisiera difundir el nombre de no ser estrictamente necesario.

—Supongo que podría hacer un par de llamadas.

—Si se trata de mi tipo, conseguirás un sombrero nuevo.

—Ya me lo figuraba. ¿Y si no?

—Mi gratitud sincera.

—Que te den a ti también —dijo—. Espero que se trate de tu tipo. Necesito un sombrero. Oye, tiene gracia, ahora que lo pienso.

—¿Cómo?

—Tú estás buscando a un tipo y yo estoy esperando que esté muerto. Si lo piensas bien, tiene bastante gracia.

El teléfono sonó cuarenta minutos después. Eddy dijo:

—Es una lástima, me habría venido bien un sombrero.

—¿No lo han identificado?

—Oh, sí que lo han hecho, gracias a las huellas digitales, pero no es nadie que te vayan a contratar para encontrar. Es todo un personaje, tiene unos antecedentes kilométricos. Tú mismo has debido de cruzarte con él un par de veces.

—¿Cómo se llama?

—Jacob Jablon. Hizo unos cuantos robos, daba soplos de vez en cuando, cosas de poca monta.

—El nombre me resulta familiar.

—Lo llamaban Spinner.

—Sí que lo conocía —dije—. Hace años que no sé de él. Solía darle vueltas sin parar a un dólar de plata.

—Bueno, pues las únicas vueltas que va a dar en lo sucesivo van a ser en la fosa.

Contuve el aliento y luego dije:

—Pues no, no es mi hombre.

—Ya me lo imaginaba. No creo que fuese el marido de nadie, y si lo hubiese sido, su mujer no querría encontrarlo.

—No es la esposa la que está buscando a mi tipo.

—¿Cómo que no?

—No, es su novia.

—¡Que me aspen!

—Y ni siquiera creo que siga en la ciudad, para empezar, pero más vale que le saque a la tía unos cuantos pavos. Cuando un tipo quiere esfumarse, lo hace sin más.

—Así es como suele ser, pero si ella quiere aflojar la mosca...

—Eso mismo pienso yo —dije—. ¿Cuánto tiempo estuvo en el río Spinner? ¿Ya lo saben?

—Creo que han dicho que cuatro o cinco días. ¿Por qué te interesa?

—Al decirme que lo han identificado por las huellas, imaginé que había sido poco tiempo.

—Oh, las huellas dactilares aguantan una semana fácilmente. Más tiempo a veces, depende de los peces. Imagina lo que tiene que ser tomarle las huellas a un ahogado... ¡Joder! Si yo tuviese que hacer eso, pasaría mucho tiempo antes de que quisiera comer algo. Y no te digo lo que tendrá que ser hacerle la autopsia.

—Bueno, eso no debería darles demasiado trabajo. Alguien debió de atizarle en la cabeza.

—Considerando quién era, yo diría que no cabe duda. No era la clase de persona que sale a nadar y se da en la cabeza contra el embarcadero accidentalmente. ¿Qué te juegas, de todas maneras, a que al final no lo consideran homicidio de forma concluyente?

—¿Por qué?

—Porque no querrán tenerlo en el archivo de casos abiertos durante los próximos cincuenta años, ¿y quién se va a romper las pelotas intentando descubrir qué le pasó a un idiota como Spinner? Está muerto y nadie va a llorar por él.

—Yo siempre me llevé bien con él.

—Siempre fue un criminal de poca monta. Quienquiera que se lo haya cepillado le ha hecho un favor al mundo.

—Supongo que tienes razón.

Saqué el sobre Manila de debajo de la alfombra. No había manera de despegar la cinta aislante, así que cogí mi cortaplumas del tocador y rajé el sobre a lo largo del pliegue. Luego me quedé sentado unos minutos en el borde de la cama con el sobre en la mano.

La verdad es que no quería saber qué contenía.

Al cabo de un rato lo abrí y me pasé las tres horas siguientes en mi cuarto examinando el contenido. Me permitió darle respuesta a unas cuantas preguntas, pero no a tantas como las que me suscitó. Al final, volví a guardarlo todo en el sobre y lo volví a dejar en su sitio debajo de la alfombra.

La policía también barrería a Spinner Jablon debajo de la alfombra, y eso era lo que yo quería hacer con su sobre. Eran muchas las cosas que podría hacer, y lo que más me apetecía era no hacer nada en absoluto, así que hasta que tuviera las ideas claras en la cabeza, el sobre podía quedarse en su escondite.

Me tumbé en la cama con un libro, pero después de haber hojeado unas cuantas páginas me di cuenta de que estaba leyendo sin prestar atención, y mi habitación estaba empezando a parecerme aún más pequeña que de costumbre. Salí a la calle y caminé durante un tiempo. Luego fui a unos cuantos bares y me tomé unas cuantas copas. Empecé en el Polly Cage, enfrente de mi hotel, y luego fui al Killcullen, al Spiro y al Antares. En algún momento de mi ronda entré en un *delicatessen* y me tomé un par de sándwiches. Terminé en el Armstrong, y ahí seguía cuando Trina terminó su turno. Le dije que se sentase conmigo, que la invitaba a una copa.

—Pero solo una, Matt. Tengo que ir a algunos sitios y ver a algunas personas.

—Yo también, pero no quiero ir, y no quiero ver a nadie.

—¿No estarás un poquitín borracho?

—No descarto esa posibilidad.

Fui a la barra a por nuestras copas. Bourbon solo para mí, y vodka con tónica para ella. Volví a la mesa y ella alzó su vaso.

—¿Por qué brindamos?, ¿por el crimen? —dijo.

—¿De verdad solo tienes tiempo de tomarte una copa?

—Ni siquiera tengo tiempo para eso, pero una ha de ser el límite.

—Entonces no brindaremos por el crimen, sino por los amigos ausentes.

3

Supongo que me había hecho una idea bastante acertada del contenido del sobre antes de abrirlo. Cuando un hombre que siempre ha pasado por la vida escurriendo el bulto y con los oídos bien abiertos aparece de repente con un traje de trescientos dólares, no resulta demasiado difícil imaginarse cómo lo ha conseguido. Después de haberse pasado la vida vendiendo información, Spinner había encontrado algo demasiado bueno para venderlo. En vez de trapichear información, se había dedicado a vender silencio. Los chantajistas son más ricos que los soplones, porque su mercancía no se vende una sola vez: pueden alquilársela a la misma persona una y otra vez durante toda una vida.

El único inconveniente es que su esperanza de vida tiende a encoger. Spinner se convirtió en un mal riesgo actuarial en cuanto tuvo éxito. Primero exasperación y úlceras, después el cráneo hundido y un baño prolongado.

El chantajista necesita un seguro. Debe tener un apalancamiento que convenza a su víctima de la conveniencia de no terminar con el chantaje liquidando al chantajista. Alguien —un abogado, una novia, cualquiera— se queda entre bambalinas guardando las pruebas que han permitido apretarle las tuercas a la víctima desde el primer momento. Si el chantajista muere, las pruebas llegan a manos de la policía y la mierda salpica a todo el mundo. Todos los chantajistas se aseguran de dejarle este punto bien claro a sus víctimas. A veces no hay cómplice, ni sobre que remitir, porque las pruebas sueltas por ahí resultan peligrosas para todos los implicados, pero el chantajista dice que sí existen, y confía en que el primo no descubra que va de farol. Unas veces, el primo se lo traga; otras no.

Spinner Jablon probablemente le contó a su víctima lo del sobre mágico desde el principio. Pero en febrero le entraron los sudores fríos. Había llegado a la conclusión de que alguien estaba intentando matarlo, o probablemente fuera a intentarlo, así que preparó su sobre. Un sobre de verdad no lo mantendría con vida cuando la idea misma del sobre había fallado. Acabaría igual de muerto, y él lo sabía.

Pero, a fin de cuentas, había resultado ser un profesional. De poca monta casi toda su vida, sí, pero profesional al fin y al cabo. Y un profesional no se enfada. Se desquita.

Sin embargo, le había surgido un problema, que se convirtió en el mío en cuanto abrí su sobre y examiné el contenido. Y es que Spinner sabía que iba a tener que vengarse de alguien.

Pero no sabía de quién.

La primera cosa que miré fue la carta. Estaba escrita a máquina, lo que sugería que, en algún momento, Spinner había robado una máquina de escribir que no había conseguido vender y, por tanto, se la había quedado. No es que la hubiese usado una barbaridad. Su carta estaba llena de palabras y frases enteras tachadas, espacios en blanco entre letras y suficientes faltas de ortografía para hacerla interesante. Venía a contar lo siguiente:

Matt:

Si estás leyendo esto es que soy hombre muerto. Tengo la esperanza de que todo quede en nada, pero mejor no apostar por ello. Creo que alguien intentó liquidarme ayer. Un coche casi se sube a la acera para intentar darme alcance.

El negocio que tengo en marcha es un chantaje. Di con información que vale un buen dinero. Después de años de pasarlas putas, al final me ha sonreído la suerte.

Son tres. Cuando abras los demás sobres verás cómo está la cosa. Ese es el problema, que sean tres, porque si aparezco muerto es que uno de los tres lo hizo, pero no sé cuál. Tengo a los tres con la soga al cuello, pero no sé a cuál de ellos estoy ahogando.

Por lo que se refiere a Prager, en diciembre hizo dos años que su hija atropelló a un niño que iba en triciclo, y no se detuvo porque le habían retirado el carné de conducir e iba colocada de anfetas, hierba y no sé qué más. Prager tiene más dinero que el mismo Dios, y untó a todo el mundo para que su hija no fuese detenida. Toda la información está en el sobre. Él fue el primero: entreoí algo en un bar y le pagué copas a un tipo hasta que acabó por contarme toda la historia. No estoy sacándole a Prager nada que no pueda permitirse, y me paga solo como quien paga el alquiler a primeros de mes, pero vete tú a saber cuándo se le van a cruzar los cables a un tipo, igual es eso lo que ha pasado. Si quisiera verme muerto, joder, podría contratar sin problemas a alguien para que hiciera el trabajo.

Lo de Ethridge fue solo un golpe de suerte. Vi su foto en un periódico, en la página de chismes de sociedad, y la reconocí de una peli porno que había visto unos años atrás. Hablando de recordar una cara, ¿quién se fija en la cara en esas pelis? Pero igual estaba haciéndole una mamada a algún pollo y el caso es que me quedé con su cara. Leí que había estudiado en un montón de colegios y las fechas no me cuadraban, así que hice algunas comprobaciones y resulta que durante un par de años se salió del mapa y se dedicó a cosas un poquito más fuertes; conseguí fotos suyas y alguna otra cosa que ya verás. He andado en tratos con ella y lo que no sé es si su marido está al tanto de lo que está pasando o de todo lo demás. Es una tía de una pieza que podría matar a una persona sin pestañear. Si la miras a los ojos, entenderás exactamente a qué me refiero.

El tercero al que le eché el lazo fue a Huysendahl, y para entonces me dedicaba a esto de forma habitual ya que me estaban saliendo tan bien las cosas. Me enteré de que su mujer era lesbi. Bueno, esto no es nada espectacular, Matt, como sabes. Pero a él le sale el dinero por las orejas y piensa presentarse a gobernador, así que me dije que iba a escarbar un poquito. Lo de que sea tortillera no daba juego, es algo que ya sabe mucha gente, y si se corriera más la voz lo único que pasaría es que él se llevaría el voto de las lesbis e igual hasta se ponía en cabeza, y a mí eso ni me va ni me viene; en cambio, lo que me pregunté es por qué sigue casado con esta bollera. ¿Y si le van los rollitos raros? Así que me deslomé buscando y resulta que sí había algo raro, aunque conseguir algo sólido me costó un huevo. No es un marica normal, le van los jovencitos, cuanto más críos mejor. Es una enfermedad, algo que da asco. Conseguí algunas cositas, como ese chico que estuvo hospitalizado por heridas internas al que Huysendahl pagó las facturas del hospital; pero quería tenerlo bien enganchado así que le tendí una trampa para hacerme con las fotos. No te importa cómo lo monté, pero había más gente en el ajo. Debió de cagarse pata abajo cuando vio las fotos. El montaje me costó un pastón, pero nunca he visto dinero mejor invertido.

Matt, la cosa es que, si me pasara algo, habrá sido uno de ellos, o alguien contratado por alguno de los tres, que viene a ser lo mismo, y lo que quiero es que los jodas pero a conciencia. Bueno, al que lo hizo, no a los otros dos, que fueron legales conmigo. Y por eso no puedo dejarle esto a un abogado y mandarlo a la policía, porque los que fueron legales conmigo merecen quedar a salvo, por no mencionar que si esto cayese en manos del poli equivocado lo único que haría es buscarse un dinero y quien me haya matado se irá de rositas, y encima seguirá teniendo que pagar.

El cuarto sobre lleva tu nombre porque es para ti. Hay tres mil pavos dentro y son todos tuyos. No sé si tendrían que ser más, ni cuánto, pero siempre existe la posibilidad de que te los metas en el bolsillo y tires a la basura todas las demás cosas, y si pasa eso, yo estaré muerto y no me enteraré. Sin embargo, hay un motivo por el que sé que te portarás, una cosa que noté en ti hace mucho tiempo, y es que tú piensas que hay una diferencia entre el asesinato y los demás crímenes. Yo también lo creo. Toda mi vida he hecho cosas malas, pero nunca he matado a nadie, y nunca lo haría. Cuando he conocido a gente de la que he sabido a ciencia cierta o por rumores que habían matado, nunca he querido nada con ellos. Es mi forma de ser y creo que tú también eres así, y por eso es por lo que pienso que harás algo; aunque si no haces nada, la verdad es que tampoco me podré enterar.

Tu amigo,

JAKE «SPINNER» JABLON

El miércoles por la mañana saqué el sobre de debajo de la alfombra y le eché otro buen vistazo a las pruebas. Cogí mi libreta y apunté algunos detalles. No iba a poder dejar las cosas a mano, porque en cuanto diera el menor paso, quedaría a la vista y mi cuarto dejaría de ser un buen escondite.

Spinner los tenía bien cogidos. Había muy pocas pruebas físicas que demostrasen que Stacy, la hija de Henry Prager, se había dado a la fuga de la escena tras el accidente en el que el pequeño Michael Litvak, de tres años, había sido arrollado y muerto, pero en este caso no hacían falta. Spinner tenía el nombre del garaje donde habían reparado el coche de Prager, los nombres de los miembros del departamento de policía y de la oficina del fiscal del distrito de Westchester que habían tapado la historia, y unos cuantos retales de información más que bastaban para cerrar el caso. Si se le entregara el paquete a un buen periodista de investigación, no pararía hasta sacarlo todo a la luz.

El material sobre Beverly Ethridge era más gráfico. Las fotos por sí solas puede que no hubieran bastado. Había un par de fotos a color de 10 × 12,5 y media docena de recortes de película con unos pocos fotogramas cada uno. Se la reconocía con claridad en todas las imágenes y no cabía duda de lo que estaba haciendo. Esto pudiera no haber resultado demasiado perjudicial en sí. Muchas de las cosas que la gente hace por diversión o travesura en su juventud pueden desestimarse sin más en cuanto pasan unos años, sobre todo en aquellos círculos sociales en los que uno de cada dos armarios contiene un esqueleto.

Pero Spinner había hecho bien las cosas, como me había asegurado en su carta. Había seguido el rastro a la señora Ethridge, de soltera Beverly Guildhurst, desde que abandonó Vassar College en tercero. Dio con un arresto en Santa Bárbara por prostitución, con suspensión de condena. Había otra detención en Las Vegas por tenencia de narcóticos, desestimada por falta de pruebas, con fuertes implicaciones de que el dinero de la familia le había salvado el culo. En San Diego se dedicó a la extorsión sexual con un socio que era un conocido proxeneta. En cierta ocasión les salió mal la jugada y ella aceptó ser testigo de la acusación a cambio de otra suspensión de condena, mientras que a su compañero le cayeron cinco años en Folsom. Por lo que Spinner había podido descubrir, la única vez que había estado en la cárcel había sido quince días en Oceanside, por embriaguez y alteración del orden público.

Luego volvió y se casó con Kermit Ethridge, y si no hubiese aparecido su foto en el periódico en el momento equivocado, habría seguido con su vida sin más.

El material sobre Huysendahl era duro de tragar. Las pruebas documentales no eran nada especiales: los nombres de algunos prepúberes y las fechas en las que Ted Huysendahl supuestamente había mantenido relaciones sexuales con ellos, y las fotocopias de unos recibos de hospital que mostraban que Huysendahl había apoquinado por el tratamiento por heridas internas y laceraciones de un tal Jeffrey Kramer, de once años. Pero las fotos desde luego no te dejaban la sensación de estar viendo al favorito del pueblo para gobernador del estado de Nueva York.

Había exactamente doce fotos y cubrían un repertorio bastante completo. La peor mostraba al compañero de Huysendahl, un joven negro y esbelto, con el rostro retorciéndose de dolor mientras Huysendahl lo penetraba analmente. El chico miraba de frente a la cámara en esa foto, como en varias más, y desde luego cabía la posibilidad de que la expresión agónica fuese puro teatro, pero eso no impediría a nueve de cada diez ciudadanos medios pasarle gustosos una soga por el cuello a Huysendahl y colgarlo de la farola más cercana.

4

A las cuatro y media de esa tarde me encontraba en una sala de espera en la vigésimo segunda planta de un edificio de oficinas de cristal y acero en Park Avenue con las calles Cuarenta y muchos. La recepcionista y yo nos encontrábamos solos. Ella estaba sentada detrás de una mesa negra en forma de U. Era un poco más clara que la mesa, y llevaba el pelo al estilo afro muy corto. Yo estaba sentado en un sofá de vinilo del mismo color que su mesa.

Sobre la mesita blanca que había junto a mí descansaban unas pocas revistas: *Architectural Forum*, *Scientific American*, un par de revistas de golf y el *Sports Illustrated* de la semana anterior. No me pareció que ninguna fuera a revelarme nada que quisiera saber, así que las dejé donde estaban y me dediqué a mirar un pequeño lienzo al óleo colgado en la pared de enfrente. Era un paisaje marino obra de un aficionado, con un buen montón de barquitas haciendo cabriolas sobre un turbulento océano. Unos hombres se inclinaban sobre las bordas de la barca en primer término. Parecía como si estuvieran vomitando, pero resultaba difícil creer que esa hubiese sido la intención del artista.

—La señora Prager lo pintó —dijo la chica—. Su esposa.

—Es interesante.

—Todos los que hay en su despacho también los ha pintado ella. Debe de ser maravilloso tener un talento así.

—Debe de serlo, sí.

—Y nunca ha recibido una sola lección de pintura.

A la recepcionista se le antojaba más notable este hecho que a mí. Me pregunté cuándo habría empezado a pintar la señora Prager. Supuse que sería una vez criados sus hijos. Había tres jóvenes Prager: un muchacho en la facultad de medicina de la Universidad de Búfalo, una hija casada en California, y la más joven, Stacy. Todos ya habían abandonado el nido, y la señora Prager vivía en una casa en Rye, tierra adentro, y pintaba marinas tormentosas.

—Ha colgado el teléfono —me informó la muchacha—. Me temo que no he entendido su nombre.

—Matthew Scudder —le dije.

Lo llamó por el interfono para anunciarle mi presencia. No había esperado que mi nombre le dijera nada, y evidentemente así fue, porque ella me preguntó cuál era el motivo de mi visita.

—Represento al Proyecto Michael Litvak.

Si eso le dijo algo, Prager no permitió que se notase. Su secretaria me transmitió su persistente desconcierto.

—De la Cooperativa del Atropello y Fuga —dije—, el Proyecto Michael Litvak. Es un asunto confidencial, estoy seguro de que querrá verme.

En realidad, estaba seguro de que no querría verme, pero la secretaria le repitió mis palabras y él no pudo negarse.

—Lo verá ahora —dijo, indicando con la cabecita crespa una puerta con un cartel que ponía PRIVADO.

Su oficina era grande. La pared del fondo era toda de cristal y ofrecía una vista bastante impresionante de una ciudad que tiene mejor aspecto a cuanta mayor altura se ve. La decoración era tradicional, en franco contraste con el mobiliario radicalmente moderno de la sala de espera. Las paredes estaban forradas de madera oscura: tableros macizos, no contrachapado. La alfombra era del color del oporto rojizo. Había muchos cuadros en las paredes, todos ellos marinas, todos inconfundiblemente obra de la señora de Henry Prager.

Había visto su foto en los periódicos que había recorrido en la sala de microfilmes de la biblioteca. Solo eran retratos de medio cuerpo, pero me habían hecho esperar un hombre más corpulento que el que tenía ahora enfrente, de pie tras la ancha mesa revestida de cuero. El rostro de la foto del estudio Bachrach* irradiaba tranquilidad y seguridad en sí mismo; ahora se veía ajado por la aprensión, reforzada por la cautela. Me acerqué a la mesa y nos quedamos mirándonos. Parecía estar considerando si ofrecerme la mano o no. Decidió no hacerlo.

—¿Así que su nombre es Scudder? —dijo.

—Eso es.

—No estoy muy seguro de saber qué quiere.

Yo tampoco lo estaba. Había una silla de cuero rojo con brazos de madera cerca de la mesa. La acerqué y me senté en ella mientras él seguía de pie. Dudó un instante y luego se sentó. Esperé unos segundos por si acaso tuviera algo que decir. Pero era muy bueno esperando.

—Antes mencioné el nombre de Michael Litvak —dije por fin.

—No lo conozco.

—Entonces mencionaré otro: Jacob Jablon.

—Tampoco conozco ese nombre.

—¿No? El señor Jablon era un socio mío. Hicimos algunos negocios juntos.

—¿Y de qué clase de negocios se trata?

—Oh, un poco de esto, un poco de aquello. Nada con tanto éxito como su especialidad, me temo. ¿Es usted arquitecto consultor?

—Correcto.

---

* David Bachrach (1845-1921), de Baltimore, Maryland, fue el primero de una dinastía de fotógrafos que se convirtió en una auténtica institución. Bachrach, Inc., fundada en 1910, tenía estudios en las principales ciudades de la Costa Este, y estableció el concepto de «retrato oficial», convirtiéndose en los principales retratistas del país hasta bien entrada la década de 1960. (*N. del t.*)

—Proyectos de gran envergadura. Urbanizaciones, edificios de oficinas, esa clase de cosas.

—No puede decirse que esa información sea confidencial, señor Scudder.

—Debe de resultar muy rentable.

Me miró.

—De hecho, esa expresión que ha usado usted, «información confidencial», de eso es de lo que en realidad quería hablarle.

—Ah, ¿sí?

—Mi socio, el señor Jablon, ha tenido que marcharse de la ciudad un tanto repentinamente.

—No veo en qué...

—Se ha retirado. —Lo corté—. Era un hombre que había trabajado duro toda la vida, señor Prager, y heredó algún dinero, ¿sabe usted? Y se retiró.

—¿Le importaría ir al grano de una vez?

Saqué un dólar de plata del bolsillo y lo hice girar, pero a diferencia de Spinner, mantuve la vista fija en el rostro de Prager en lugar de en la moneda. Podría haber ido con esa cara a cualquier partida de póquer de la ciudad y le habría ido de miedo. Suponiendo que jugara bien su mano.

—No se ven demasiadas monedas de estas —dije—; fui a un banco hace un par de horas para intentar comprar una. Se quedaron mirándome y acabaron diciéndome que fuera a una tienda de coleccionismo. Siempre pensé que un dólar era un dólar, ¿comprende? Así solía ser. Pero al parecer solo el contenido en plata de estas cosas ya vale dos o tres pavos, y el valor de colección es aún mayor. He tenido que pagar siete dólares por esta moneda, aunque no se lo crea.

—¿Para qué la quería?

—Para que me dé suerte. El señor Jablon tiene una moneda como esta. O, por lo menos, así me lo parecía a mí. No soy numismático. O sea, experto en monedas.

36

—Sé lo que es un numismático.

—Bueno, yo me he enterado hoy mismo, al tiempo que descubría que un dólar ya no es un dólar. El señor Jablon podría haberme ahorrado siete pavos si me hubiese dejado su dólar antes de marcharse de la ciudad. Pero me dejó otra cosa que probablemente valga un poco más de siete dólares. Fíjese, me dejó un sobre lleno de papeles y cosas. Algunos mencionan su nombre. Y el nombre de su hija y algunos más que ya le he dicho. El de Michael Litvak, por ejemplo, pero ese nombre no lo conoce usted, ¿no es así?

El dólar había dejado de dar vueltas. Spinner siempre lo agarraba en cuanto empezaba a tambalearse, pero yo lo dejé caer. Salió cara.

—Se me ha ocurrido que ya que esos papeles incluyen su nombre, junto con los demás, quizá querría usted comprarlos.

No rechistó, y a mí ya no se me ocurría nada más que decir. Recogí el dólar de plata y lo puse a girar de nuevo. Esta vez nos quedamos los dos mirándolo. Estuvo un buen rato dando vueltas sobre el cuero de la mesa. Entonces rozó el marco de plata de una foto, empezó a vacilar inseguro y volvió a caer de cara.

Prager cogió el teléfono y apretó un botón. Dijo: «Eso será todo por hoy, Shari. Ponga el contestador y váyase a casa». Y después de una pausa: «No, eso puede esperar. Los firmaré mañana. Puede irse a casa ya. Estupendo».

Ninguno de los dos pronunciamos una palabra hasta que se oyó abrirse y cerrarse la puerta exterior de la oficina. Luego, Prager se recostó en su butaca y cruzó las manos sobre la pechera de la camisa. Era un hombre más bien rechoncho, pero no le sobraba la carne en las manos: eran delgadas, con dedos largos.

—Si he entendido bien —dijo—, lo que usted pretende es retomar las cosas donde... ¿Cómo se llamaba el otro tipo?

—Jablon.

—Donde estaban cuando Jablon se largó.

—Algo así.

—No soy un hombre rico, señor Scudder.

—Tampoco es un muerto de hambre.

—No. —Me dio la razón—. Tampoco soy un muerto de hambre. —Alzó la vista hacia algo detrás de mí, probablemente una marina, y siguió hablando—. Mi hija Stacy atravesó una etapa difícil en su vida, y en el transcurso de ella sufrió un accidente muy desafortunado.

—En el que murió un niño pequeño.

—Sí, murió un niño pequeño. Aun a riesgo de parecerle insensible, le diré que esas cosas pasan todo el tiempo. Los seres humanos (niños, adultos, qué más da), la gente muere a diario de forma accidental.

Pensé en Estrellita Rivera con una bala en el ojo. No sé si se me notó algo en la cara.

—La situación en que se vio involucrada Stacy (su culpabilidad, si quiere llamarla así) no se debió al accidente, sino a su reacción después de los hechos. No se detuvo. Aunque se hubiese parado, no le habría servido de nada al niño. Murió en el acto.

—¿Lo sabía ella?

Cerró los ojos brevemente.

—No lo sé —dijo—. ¿Es eso pertinente?

—Probablemente no.

—El accidente... Si se hubiese detenido, como debió haber hecho, estoy seguro de que no la habrían culpado. El chico se tiró con el triciclo de la acera justo delante de ella.

—Tengo entendido que ella consumía drogas por entonces.

—Si llama droga a la marihuana...

—No importa cómo la llamemos, ¿no le parece? Si no hubiese estado emporrada, a lo mejor habría podido evitar el accidente. O a lo mejor habría tenido el sentido común de parar tras atropellar al crío. No es que importe a estas alturas. Estaba colocada y atropelló al niño, y no paró el coche, y usted se las arregló para comprar su impunidad.

—¿Hice mal, Scudder?

—¿Cómo voy a saberlo yo?

—¿Tiene hijos? —Vacilé, y luego asentí—. ¿Qué hubiera hecho usted?

Pensé en mis hijos. Aún no eran lo bastante mayores para conducir. ¿Serían lo bastante mayores para fumar marihuana? Tal vez. ¿Y qué haría yo de estar en el lugar de Henry Prager?

—Cualquier cosa que tuviera que hacer para protegerlos —dije.

—Por supuesto. Es lo que haría cualquier padre.

—Debió de costarle un montón de dinero.

—Más de lo que podía permitirme. Pero tampoco podía permitirme no hacerlo, ¿comprende?

Recogí mi dólar de plata y lo miré. Era de 1878. Era bastante más viejo que yo, y se había conservado bastante mejor.

—Pensé que aquello se había terminado —dijo—. Fue una pesadilla, pero conseguí enderezarlo todo. Las personas con las que traté comprendieron que Stacy no era una criminal, sino una buena chica de una buena familia que atravesaba una etapa difícil. No es infrecuente, ¿sabe? Se dieron cuenta de que no tenía sentido arruinar otra vida más, solo porque un horrible accidente hubiese costado una. Y la experiencia, suena atroz dicho así, ayudó a Stacy. Maduró. Dejó de tomar drogas, por supuesto. Y su vida cobró más sentido.

—¿Qué hace ahora?

—Está estudiando psicología en Columbia. Tiene la intención de trabajar con niños con discapacidad intelectual.

—Cuántos años tiene, ¿veintiuno?

—Cumplió veintidós el mes pasado. Tenía diecinueve años cuando ocurrió el accidente.

—Supongo que tiene un apartamento aquí en la ciudad.

—Así es. ¿Por qué?

—Por nada. Entonces salió bien, al final.

—Todos mis hijos han salido bien, Scudder. Stacy pasó un par de años difíciles, eso es todo. —Su mirada se fijó en mí con repentina intensidad—. ¿Y cuánto tiempo voy a tener que seguir pagando aquel error? Eso es lo que me gustaría saber.

—Estoy seguro.

—¿Y bien?

—¿Hasta dónde lo tenía enganchado Jablon?

—No le entiendo.

—¿Cuánto le estaba pagando?

—Pensé que eran socios.

—La nuestra era una asociación libre. ¿Cuánto?

Dudó, y luego se encogió de hombros.

—La primera vez que vino le di cinco mil dólares. Dio la impresión de que con ese único pago se acabaría la cosa.

—Nunca pasa.

—Eso tengo entendido. Volvió al cabo de un tiempo y me dijo que necesitaba más dinero. Acabamos por establecer un acuerdo de negocios. Tanto al mes.

—¿Cuánto?

—Dos mil dólares mensuales.

—Podía permitírselo.

—No era tan sencillo. —Consiguió sonreír ligeramente—. Confiaba en encontrar una forma de desgravarlo, ¿sabe? Cargarlo por cuenta de la empresa de algún modo.

—¿Encontró la forma de hacerlo?

—No. ¿Por qué me pregunta todo esto? ¿Está intentando averiguar cuánto puede sacarme?

—No.

—En toda esta conversación —dijo de repente— hay algo que no encaja. No parece usted un chantajista.

—¿A qué se refiere?

—No lo sé. Aquel tipo era una comadreja, calculador, viscoso. Usted también es calculador, pero de otra manera.

—Tiene que haber de todo.

Se puso en pie.

—No voy a seguir pagando indefinidamente —dijo—. No puedo vivir con una espada colgando de un hilo sobre mi cabeza. ¡Maldita sea, no debería ser así!

—Ya se nos ocurrirá algo.

—No quiero arruinar la vida de mi hija, pero tampoco puedo permitir que me sigan sangrando.

Cogí el dólar de plata y me lo eché al bolsillo. No conseguía creer que aquel hombre hubiese matado a Spinner, pero al mismo tiempo tampoco podía descartarlo definitivamente, y estaba empezando a asquearme el papel que tenía que representar. Empujé la silla hacia atrás y me puse en pie.

—¿Y bien? —dijo él.

—Estaremos en contacto —le respondí.

—¿Cuánto va a costarme esto?

—No lo sé.

—Le pagaré lo mismo que le pagaba a él. No pagaré más que eso.

—¿Y cuánto tiempo va a estar pagándome? ¿Toda la vida?

—No le comprendo.

—A lo mejor se me ocurre algo que nos haga felices a los dos —le dije—. Lo llamaré en cuanto lo sepa.

—Si se refiere a un solo pago importante, ¿cómo iba a poder fiarme de usted?

—Esa es una de las cosas que habrá que arreglar —dije—. Ya tendrá noticias mías.

5

Me había citado con Beverly Ethridge en el bar del hotel Pierre a las siete en punto. Desde la oficina de Prager fui andando hasta otro bar, uno que estaba en Madison Avenue. Resultó ser un local frecuentado por publicitarios y el ruido era tremendo, y la tensión, desestabilizadora. Me tomé un bourbon y me marché.

Al subir la Quinta Avenida, entré en Santo Tomás y me senté en un banco. Descubrí las iglesias al poco de dejar la policía y de separarme de Anita y de los niños. No sé exactamente qué tienen. Son casi el único sitio de Nueva York donde una persona puede pensar, pero no estoy seguro de que eso sea lo único que me atrae de ellas. Parece lógico asumir que tiene que ver con algún tipo de búsqueda personal, aunque no tengo ni idea de cuál pueda ser. No rezo. Y tampoco creo en nada, me parece.

Pero son sitios perfectos para sentarse y darle vueltas a las cosas. Estuve un rato sentado en Santo Tomás pensando en Henry Prager. Mis reflexiones no me llevaron a ninguna conclusión en particular. Si Prager hubiese tenido un rostro más expresivo y menos cauto, tal vez hubiera podido descubrir algo en un sentido o en otro. No había hecho nada que lo traicionase, pero si había sido lo bastante listo para cargarse a Spinner cuando este ya estaba sobre aviso, sería lo bastante listo para no desvelarme nada a mí.

Me costaba imaginarlo de asesino. Al mismo tiempo, también me costaba imaginarlo víctima de un chantaje. Él no lo sabía, y no era el momento de que yo se lo dijera, pero tendría que haberle dicho a Spinner que se metiera su mugre donde le cupiese. Se reparte tanto dinero para ocultar tantos crímenes bajo diversas alfombras, que en realidad nadie tenía nada sólido contra él. Su hija había cometido un delito hacía un par de años. Un fiscal particularmente estricto podría haber intentado procesarla entonces por homicidio al volante, pero lo más probable es que la acusación hubiera acabado siendo de homicidio involuntario y la condena habría sido condicional. Teniendo esto en cuenta, realmente no podría pasarles gran cosa ni a ella ni a él, tanto tiempo después de los hechos. Podría haber un ligero escándalo, pero no lo bastante serio para poner en peligro su negocio ni el futuro de su hija.

Así que, a juzgar por las apariencias, Prager tenía pocos motivos para haber estado pagando a Spinner, y aún menos para matarlo. Salvo que hubiera cosas que yo desconocía.

Eran tres, Prager, Ethridge y Huysendahl, y los tres habían estado comprándole su silencio a Spinner, hasta que uno de ellos había decidido asegurarse de que ese silencio fuese permanente. Lo único que tenía que hacer era descubrir cuál de los tres.

Pero en realidad, no quería hacerlo.

Por un par de razones. La de más peso era que no había forma humana de que yo pudiera dar con el asesino con más eficacia que la propia policía. Lo único que tenía que hacer era hacer llegar el sobre de Spinner a la mesa de un buen poli de Homicidios, y dejarlo jugar la partida. La determinación de la hora de la muerte de Spinner por los técnicos del departamento sería mucho más precisa que la vaga estimación que me había facilitado Koehler. La policía podría comprobar coartadas. Podrían someter a los tres posibles culpables a interrogatorios intensivos, y eso solo bastaría casi seguro para resolver el caso.

Solo había un problema: el asesino acabaría en la cárcel, pero los otros dos quedarían con el culo al aire. Estuve a punto de pasarle el caso a la policía de todas maneras, pensando que ninguno de esos tres era intachable, para empezar: una atropelladora que se había dado a la fuga, una puta y estafadora y un pervertido particularmente vicioso. Pero Spinner, según su código ético personal, había decidido que le debía a los que fuesen inocentes de su muerte el silencio que habían comprado. Pero no me habían comprado nada a mí, y, por tanto, yo no les debía nada.

La policía siempre sería una opción abierta. Sería mi último recurso si no lograra manejar las cosas. Mientras tanto, iba a intentarlo, y por eso había quedado con Beverly Ethridge, había ido a ver a Henry Prager y vería a Theodore Huysendahl en algún momento del día siguiente. De una forma o de otra, todos iban a descubrir que era el heredero de Spinner y que tenían el anzuelo tan clavado como siempre.

Un grupo de turistas atravesó la nave, señalándose los unos a los otros los intricados relieves de piedra sobre el altar mayor. Esperé a que pasaran de largo, seguí sentado un par de minutos y luego me puse en pie. Al salir examiné los cepillos que había junto a las puertas. Podía uno elegir entre apoyar la labor pastoral de la Iglesia, las misiones de ultramar o a los niños sin hogar. Metí tres de los treinta billetes de cien dólares de Spinner en el cepillo de los niños sin hogar.

Hay cosas que hago sin saber por qué. Pagar el diezmo es una de ellas. La décima parte de lo que gano va a parar a cualquier iglesia que visite después de recibir el dinero. Los católicos se llevan la mayor parte de mi aportación, no porque sea partidario de ellos, sino porque sus iglesias suelen ser las que están abiertas a horas extrañas.

Santo Tomás es una iglesia episcopal. Una placa en la entrada indica que está abierta toda la semana para que los transeúntes encuentren refugio del tumulto del centro de Manhattan. Supongo que los donativos de los turistas cubren sus gastos generales.

Bueno, ahora disponían de trescientos dólares inesperados para pagar la luz, por gentileza de un difunto chantajista.

Salí a la calle y me dirigí hacia el norte. Era hora de hacerle saber a cierta dama quién ocupaba el puesto de Spinner Jablon. En cuanto todos lo supieran, podría tomármelo con calma. Podría recostarme y relajarme, y esperar a que el asesino de Spinner intentara matarme a mí.

6

Al salón de cócteles del Pierre lo iluminan velitas colocadas en hondos cuencos azules, uno por mesa. Las mesas son pequeñas y están muy separadas unas de otras, mesas redondas blancas con dos o tres sillas de terciopelo azul alrededor. Me quedé parado, guiñando los ojos en la penumbra, buscando a una mujer con un traje de chaqueta blanco con pantalón. Había cuatro o cinco mujeres solas en el salón, pero ninguna llevaba traje con pantalón. Me dediqué entonces a buscar a Beverly Ethridge, y la encontré sentada a una mesa junto a la pared del fondo. Llevaba un vestido ajustado azul marino y un collar de perlas.

Le entregué mi abrigo al encargado del guardarropa y fui derecho a su mesa. Si me miró acercarme, lo hizo con el rabillo del ojo. En ningún momento giró la cabeza en mi dirección. Me senté en la silla frente a ella y solo entonces me miró a los ojos.

—Estoy esperando a alguien —dijo, y apartó la vista, despidiéndome.

—Soy Matthew Scudder —respondí.

—¿Se supone que eso significa algo para mí?

—Es usted bastante buena —repliqué—. Me gusta su traje de chaqueta blanco con pantalón, le sienta muy bien. Quería comprobar si podía reconocerla para asegurarse de si tenía las fotos o no. Supongo que es astuto, pero ¿por qué no haberme pedido sin más que trajera alguna?

Volvió los ojos hacia mí, y nos pasamos unos minutos observándonos. Su cara era la misma que había visto en las fotos, pero resultaba difícil creer que se tratase de la misma mujer. No es que pareciese mucho mayor, pero sí bastante más madura. Aún más, se apreciaba un aplomo y refinamiento que resultaba incompatible con la muchacha de aquellas fotos y de la ficha policial. El rostro era aristocrático y la voz revelaba colegios exclusivos y una buena educación.

Y entonces dijo:

—Un puto policía. —Y su cara y su voz se torcieron con esas palabras y toda la buena educación desapareció—. De todos modos, ¿cómo se ha hecho con el material?

Me encogí de hombros. Iba a decir algo, pero se acercaba un camarero. Le pedí bourbon y una taza de café. Ella hizo un ademán para que le sirviera lo mismo que estaba tomando. No sé qué sería, había mucha fruta en la copa.

En cuanto se hubo marchado el camarero, dije:

—Spinner ha tenido que irse una temporada de la ciudad. Me ha pedido que me ocupe del negocio durante su ausencia.

—Seguro que sí.

—A veces las cosas son así.

—Seguro. Lo arrestó usted y él me ha entregado para comprar su libertad. ¡Mira que es mala suerte que lo haya ido a detener un poli corrupto!

—¿Estaría usted en mejor situación si lo hubiese detenido un poli honrado?

Se llevó la mano al pelo. Era liso y rubio, con un peinado que creo que llaman «corte Sassoon». En las fotos lo llevaba mucho más largo, pero del mismo color. A lo mejor era su color natural.

—¿Un poli honrado? ¿Y dónde podría encontrar uno?

—Me han dicho que hay un par por ahí.

—Claro, dirigiendo el tráfico.

—En cualquier caso, no soy poli. Solo corrupto. —Enarcó las cejas al oírme—. Abandoné el cuerpo hace unos años.

—Pues no lo entiendo, entonces. ¿Cómo ha conseguido hacerse con el material?

O bien estaba verdaderamente extrañada, o sabía que Spinner estaba muerto y era realmente muy buena. Ese era todo el problema. Estaba jugando al póquer con tres extraños, y ni siquiera podía reunirlos a los tres en torno a la misma mesa.

Volvió el camarero con las bebidas. Tomé un poco de bourbon, bebí un sorbo de café, eché el resto del bourbon en la taza. Es una forma estupenda de emborracharse sin cansarse.

—De acuerdo —dijo ella.

La miré.

—Más vale que me lo explique todo, señor Scudder. —De nuevo la voz educada, y el rostro había recuperado su expresión inicial—. Me imagino que esto me va a costar algo.

—Uno tiene que comer, señora Ethridge.

Sonrió repentinamente, fuese espontáneamente o no, y su rostro se iluminó.

—Creo que deberías llamarme Beverly —dijo—. Se me hace raro que se dirija a mí tan formalmente un hombre que me ha visto con una polla en la boca. ¿Y a ti cómo te llaman? ¿Matt?

—En general.

—Ponle precio, Matt. ¿Cuánto va a costarme?

—No soy avaricioso.

—Seguro que eso se lo dirás a todas. ¿Cómo eres de poco avaricioso?

—Me conformaré con el mismo arreglo que tenía con Spinner. Lo que fuera bueno para él también lo será para mí.

Asintió pensativamente, con la sombra de una sonrisa jugueteando en sus labios. Se llevó la punta de un delicado dedo a la boca y la mordisqueó.

—Qué interesante.

—¿El qué?

—Spinner no te contó gran cosa. No teníamos un arreglo.

—¿No?

—Estábamos intentando llegar a uno. Yo no quería que me despellejara viva una vez a la semana. Sí que le di algún dinero. Supongo que serían unos cinco mil dólares en total a lo largo de los últimos seis meses.

—No es mucho.

—También me acosté con él. Habría preferido darle más dinero y menos sexo, pero no tengo mucho dinero propio. Mi marido es un hombre rico, pero no es lo mismo, ¿sabes?, y no tengo demasiado dinero.

—Pero sí tiene mucho sexo.

Se relamió los labios de una forma muy evidente. No por ello resultó menos provocativo.

—Pensé que no te habías dado cuenta —dijo.

—Sí que me he dado cuenta.

—Me alegro.

Bebí más café. Miré alrededor del salón. Todo el mundo iba elegante y bien vestido, y me sentí fuera de lugar. Llevaba puesto mi mejor traje y tenía toda la pinta de un poli con su mejor traje. La mujer que tenía enfrente había rodado películas pornográficas, se había prostituido, había participado en estafas. Y estaba completamente a sus anchas allí, mientras que yo parecía fuera de lugar.

—Creo que preferiría dinero, señora Ethridge —dije.

—Beverly.

—Beverly —accedí.

—O Bev, si lo prefieres. Soy muy buena, ¿sabes?

—Estoy seguro de que sí.

—Me han dicho que combino la habilidad de una profesional con el entusiasmo de la aficionada.

—Y estoy seguro de que será así.

—Después de todo, has visto pruebas fotográficas.

—Es cierto. Pero me temo que tengo mayor necesidad de dinero que de sexo.

Asintió despacio.

—Estaba intentando llegar a un arreglo con Spinner —dijo—; no tengo demasiado efectivo disponible en estos momentos. Vendí algunas joyas, cosas de ese estilo, solo para comprar tiempo. Probablemente pudiera reunir algún dinero si tuviera un poco de tiempo. Quiero decir, una suma sustancial.

—¿Cómo de sustancial?

Hizo caso omiso de la pregunta.

—El problema es el siguiente. Mira, ya sabes que estuve en el negocio. Fue algo temporal, lo que mi psiquiatra llama un medio radical de exteriorizar mis miedos y hostilidades interiores. No sé qué coño quiere decir, y ni siquiera estoy segura de que él mismo lo sepa. Ahora soy honrada, soy una mujer respetable, soy un miembro de la *jet set*, a pequeña escala. Pero sé cómo funcionan estas cosas. Una vez que empiezas a pagar, te pasas el resto de la vida pagando.

—Es cierto, ese es el patrón habitual.

—No quiero eso. Quiero hacer un único pago y llevármelo todo. Pero es difícil establecer la mecánica del acuerdo.

—Porque siempre podría haberme quedado copias de las fotos.

—Siempre podrías tener copias. O podrías quedarte con la suficiente información para destrozarme la vida.

—Así que necesitaría una garantía de que ese pago fuera a ser el único que tendría que hacer.

—Así es. Necesitaría tenerte yo también enganchado de alguna forma para que ni siquiera te plantearas quedarte con una sola de las fotos. Y mucho menos volver a chantajearme más adelante.

—Es un problema, sí. —Le di la razón—. ¿Estaba intentando llegar a ese tipo de arreglo con Spinner?

—Así es. Pero ninguno de los dos habíamos conseguido dar con una idea que fuese del gusto del otro, y entre tanto yo le daba largas con sexo y pequeñas cantidades. —Se lamió el labio—. Era sexo bastante interesante. Por cómo me percibía él y todo eso.

Supongo que un hombrecillo como ese no tendría mucha experiencia con jóvenes atractivas. Y por supuesto, estaba el tema social, lo de la diosa del Park Avenue, y al mismo tiempo tenía esas fotos y sabía cosas de mí, así que me convertí en una persona especial para él. No lo encontraba atractivo. Y no me gustaba, no me gustaban sus modales y odiaba el poder que tenía sobre mí. Al mismo tiempo, juntos hacíamos cosas interesantes. Era sorprendentemente inventivo. No me gustaba tener que hacer cosas con él, pero me gustaba hacerlas, no sé si me entiendes.

No dije nada.

—Podría contarte algunas de las cosas que hacíamos.

—No se moleste.

—Podrías ponerte cachondo, solo escuchando.

—No creo.

—No te gusto mucho, ¿verdad?

—No demasiado, no. En realidad, no puedo permitirme que me guste, ¿no le parece?

Bebió algo de su copa, y luego volvió a chuparse los labios.

—No serías el primer policía que me llevo a la cama —dijo—. Cuando te dedicas a este negocio, es parte del juego. Creo que nunca he conocido a un policía que no estuviese preocupado por su polla. Que si era demasiado pequeña, que si no sabía usarla bien. Supongo que tiene que ver con llevar pipa y porra y todo lo demás, ¿no crees?

—Pudiera ser.

—Personalmente, siempre me ha parecido que los policías son como los demás hombres.

—Creo que nos estamos apartando del asunto, señora Ethridge.

—Bev.

—Creo que deberíamos hablar de dinero. Una gran cantidad de dinero, pongamos, y luego quedará usted libre del anzuelo y yo podré soltar la caña.

—¿De cuánto dinero estamos hablando?

—Cincuenta mil dólares.

No sé qué cantidad estaría esperando ella. No sé si Spinner y ella habrían hablado del precio mientras daban tumbos entre sábanas caras. Frunció los labios y silbó bajito, indicando que la suma que había mencionado era verdaderamente considerable.

—Tienes ideas caras —dijo.

—Paga una sola vez y se acabó.

—Y de vuelta a la casilla de partida. ¿Cómo puedo estar segura?

—Porque cuando me pague el dinero, le daré algo con lo que pueda tenerme cogido. Hice una cosa hace algunos años. Podría ir a la cárcel mucho tiempo por ello. Puedo escribir una confesión con todos los detalles. Se la daré cuando me pague los cincuenta mil machacantes, además del material que tenía Spinner sobre usted. Eso me dejará atrapado, me impedirá hacer nada.

—¿No se tratará de algo tan manido como corrupción policial?

—No, no es eso.

—Mataste a alguien.

No dije nada.

Se tomó su tiempo para pensarlo. Sacó un cigarrillo, golpeó la punta contra una uña bien cuidada. Supongo que estaba esperando a que le diera fuego. Me mantuve en mi papel y dejé que se lo encendiera ella misma.

Finalmente dijo:

—Podría funcionar.

—Estaría metiendo el cuello en la horca. No tendría que preocuparse de que me escapara y tirara de la cuerda.

Asintió.

—Solo hay un problema.

—¿El dinero?

—Ese es el problema. ¿No podríamos bajar un poco el precio?

—No creo.

—Sencillamente no dispongo de esa cantidad.

—Su marido sí.

—Eso no hace que la tenga en el bolso, Matt.

—Siempre podríamos prescindir del intermediario —dije— y venderle la mercancía directamente a él. Él sí pagaría.

—Cabronazo.

—¿Y bien? ¿Pagaría o no?

—Conseguiré el dinero de alguna forma. Cabronazo. De hecho, probablemente no lo haga, y entonces se acabó tu poder, ¿verdad? Tu poder y mi vida, y los dos acabamos con las manos vacías. ¿Estás seguro de que es eso lo que quieres?

—No, a menos que no me quede más remedio.

—Es decir, si no consigo el dinero. Tienes que darme tiempo.

—Dos semanas.

Negó con la cabeza.

—Por lo menos un mes.

—Es más tiempo del que pensaba quedarme en la ciudad.

—Si puedo reunirlo antes, lo haré. Créeme, cuanto antes te me quite de encima, mejor para mí. Pero podría necesitar un mes.

Le dije que un mes estaría bien, pero que esperaba que no fuera tanto tiempo. Me dijo que era un bastardo y un hijo de puta, y luego se puso repentinamente seductora de nuevo y me preguntó si no quería acostarme con ella de todas formas, por diversión. Me gustaba más cuando me insultaba.

—No quiero que me llames —dijo—. ¿Cómo puedo ponerme en contacto contigo?

Le di el nombre de mi hotel. Intentó que no se le notase, pero era obvio que mi franqueza la había desconcertado. Evidentemente, Spinner no había querido que supiese dónde podría encontrarlo.

No podía culparlo.

7

Cuando cumplió los veinticinco años, Theodore Huysendahl pudo disponer de una herencia de dos millones y medio de dólares. Un año más tarde, le añadió un millón más al casarse con Helen Goldwynn, y durante los siguientes cinco años, aproximadamente, incrementó la riqueza del matrimonio hasta un total de unos quince millones de dólares. A los treinta y dos vendió sus participaciones en negocios, se mudó de una finca al borde del mar en Sands Point a un apartamento en la Quinta Avenida a su paso por las calles Setenta, y consagró su vida al servicio público. El presidente lo nombró miembro de una comisión. El alcalde de Nueva York lo hizo jefe del Departamento de Parques y Ocio. Concedía buenas entrevistas y daba pie a buenos artículos, por eso la prensa estaba encantada con él y, por consiguiente, su nombre salía mucho en los periódicos. Los últimos años los había dedicado a dar discursos por todo el estado, a asistir a todas las cenas de recaudación de fondos para el Partido Demócrata, a convocar ruedas de prensa por todas partes, y a aparecer ocasionalmente en programas de entrevistas en televisión. Siempre decía que no tenía intención de presentarse a gobernador, pero no creo que ni su propio perro fuese lo bastante bobo para tragarse eso. Claro que estaba haciendo campaña, y con todas sus fuerzas, y tenía mucho dinero que gastar y le debían muchos favores políticos; era alto y apuesto e irradiaba encanto, y si tenía algún sesgo político —lo que resultaba dudoso— no era tan a la izquierda ni tan a la derecha como para ahuyentar a los electores del amplio centro.

Su dinero le garantizaba a buen seguro una oportunidad de tres para ser proclamado candidato, y si llegaba hasta ahí tenía muchas posibilidades de salir elegido. Y solo tenía cuarenta y un años. Probablemente tuviera sus miras puestas más allá de Albany, en Washington.

Un puñado de fotografías guarras podía acabar con todo eso en un instante.

Disponía de una oficina en el ayuntamiento. Cogí el metro hasta Chambers Street y me dirigí hacia allí, pero primero di un rodeo y subí por Center Street y me quedé parado delante de la Central de Policía unos cuantos minutos. Del otro lado de la calle había un bar al que solíamos ir antes o después de testificar en el edificio del Tribunal Penal. Era un poco pronto para tomar una copa, de todos modos, y no me apetecía demasiado encontrarme con nadie, así que seguí hasta el ayuntamiento y me las arreglé para dar con la oficina de Huysendahl.

Su secretaria era una mujer mayor, de finos cabellos grises y unos penetrantes ojos azules. Le dije que quería verlo, y me preguntó mi nombre.

Saqué mi dólar de plata.

—Mire atentamente —le dije, y lo puse a dar vueltas en una esquina de su mesa—. Ahora, dígale al señor Huysendahl lo que he hecho exactamente, y que me gustaría hablar con él en privado. Ahora mismo.

Escrutó mi cara un momento, probablemente intentando determinar si estaba cuerdo. Luego echó mano del teléfono, pero puse mi mano suavemente sobre la suya.

—Cuénteselo en persona —le dije.

Otra larga mirada escrutadora, ladeando ligeramente la cabeza. Luego, sin llegar del todo a encogerse de hombros, se levantó y entró en el despacho de Huysendahl, cerrando la puerta a sus espaldas.

No estuvo mucho tiempo dentro. Salió con expresión de extrañeza y me comunicó que el señor Huysendahl iba a recibirme.

Ya había colgado mi abrigo de un perchero metálico. Abrí la puerta de Huysendahl, entré y la cerré a mi espalda. Empezó a hablar sin alzar la vista del periódico que estaba leyendo.

—Creía que habíamos acordado que no debía venir aquí —dijo—. Creía que habíamos establecido...

Entonces levantó la mirada, me vio y algo le pasó a su cara.

—Usted no es... —dijo.

Lancé el dólar al aire y lo cogí al vuelo.

—Tampoco soy George Raft —dije—. ¿A quién esperaba?

Me miró mientras yo intentaba sacar alguna conclusión de la expresión de su rostro. Tenía mejor apariencia incluso que en sus retratos en la prensa, y muchísima mejor que en las fotos indiscretas suyas que yo tenía en mi poder. Estaba sentado detrás de una mesa de acero gris en un despacho amueblado según los estándares municipales. Podría haberse permitido redecorarlo a su gusto: mucha gente en puestos similares lo hace. No sé qué revelaba de él que no lo hubiese hecho, o qué se suponía que debía indicar.

—¿Es ese el *Times* de hoy? —pregunté—. Si esperaba usted a otra persona con un dólar de plata, no ha debido de leer el periódico con la atención debida. Vaya a la tercera página de la segunda sección, hacia el final de la página.

—No entiendo a qué viene esto.

—Adelante. —Indiqué el periódico—. Tercera página, segunda sección.

Me quedé de pie mientras buscaba la noticia y la leía. Yo la había visto mientras desayunaba, y se me podría haber pasado si no la hubiese estado buscando. No estaba seguro de que fuese a salir en el periódico, pero había tres párrafos en los que se identificaba el cadáver del East River como el de Jacob «Spinner» Jablon, y se ofrecían unos cuantos detalles de su carrera.

Miré con atención a Huysendahl mientras leía el suelto. Su reacción no pudo ser más que auténtica. Se le fue el color de la cara al instante, y empezó a latirle una vena en la frente. Sus manos se crisparon sobre el periódico con tanta fuerza que se rasgó el papel. Desde luego, todo parecía indicar que no sabía que Spinner estaba muerto, pero también podría significar que no esperaba que el cuerpo saliera a la superficie y que acababa de darse cuenta del lío en el que estaba metido.

—¡Dios! —exclamó—. Es lo que me temía. Por eso quería... ¡Ay, Jesús!

Ni me miraba ni me estaba hablando a mí. Tuve la sensación de que no se acordaba de que me hallaba en la habitación con él. Estaba mirando hacia el futuro y viéndolo irse por el desagüe.

—Es justo lo que me temía —repitió—. Se lo decía todo el tiempo. «Si algo me pasara —me dijo—, un amigo mío sabrá qué hacer con esas... con esas fotos». Pero no tenía nada que temer de mí. Le dije que no debía tenerme miedo. Hubiera pagado cualquier cantidad, y él lo sabía. Pero ¿qué iba yo a hacer si él moría? «Más vale que me desees una larga vida», eso fue lo que me dijo. —Alzó la vista y me miró—. ¿Quién es usted?

—Matthew Scudder.

—¿Es de la policía?

—No. Dejé el departamento hace unos cuantos años.

Pestañeó.

—No sé... No sé qué hace aquí —dijo. Parecía perdido y desvalido, y no me habría extrañado que se hubiese echado a llorar.

—Voy un poco por libre —le expliqué—. Le hago favores a la gente, me gano un dólar por aquí, otro por allí.

—¿Es detective privado?

—Nada tan formal. Mantengo los ojos y los oídos abiertos, esa clase de cosas.

—Ya veo.

—En este caso, he leído ese artículo acerca de mi viejo amigo Spinner Jablon y me he dicho que tal vez me halle en situación de hacerle un favor a alguien. A usted, de hecho.

—¿Cómo?

—He pensado que Spinner a lo mejor tenía algo que a usted le gustaría obtener. Bueno, ya sabe, teniendo los ojos y los oídos abiertos y tal, nunca se sabe con lo que puede encontrarse uno. Y lo que he pensado es que bien pudiera ofrecerse algún tipo de recompensa.

—Ya veo —dijo.

Iba a añadir algo más, pero sonó el teléfono. Lo cogió y empezó a decirle a su secretaria que no le pasara ninguna llamada, pero esta era de su señoría, así que decidió atenderla. Acerqué una silla y me quedé allí sentado mientras Theodore Huysendahl hablaba con el alcalde de Nueva York. La verdad es que no presté mucha atención a la conversación. Cuando acabó, usó el interfono para insistir en que no estaba para nadie hasta nueva orden. Luego se volvió hacia mí y soltó un gran suspiro.

—Usted pensó que podría haber una recompensa.

Asentí.

—Que compense mi tiempo y mis gastos.

—¿Es usted el... amigo del que me habló Jablon?

—Era amigo suyo —admití.

—¿Tiene usted esas fotos?

—Digamos que a lo mejor sé dónde están.

Apoyó la frente en la palma de la mano y se rascó la cabeza. Su pelo era castaño no muy oscuro, ni demasiado largo ni demasiado corto: como su posición política, estaba pensado para no molestar a nadie. Me miró por encima de las lentes y volvió a suspirar.

—Pagaría una suma sustancial por tener esas fotos en mi poder —dijo llanamente.

—Puedo entenderlo.

—La recompensa sería... generosa.

—Ya pensé que probablemente lo fuera.

—Puedo permitirme una recompensa generosa, señor... Creo que no me he quedado con su nombre.

—Matthew Scudder.

—Por supuesto. De hecho, normalmente soy bastante bueno recordando nombres. —Entrecerró los ojos—. Como estaba diciéndole, señor Scudder, puedo permitirme ofrecer una generosa recompensa. Lo que no puedo permitirme es que ese material siga existiendo. —Tomó aliento y se enderezó en la silla—. Voy a ser el próximo gobernador del estado de Nueva York.

—Eso dicen muchos.

—Y lo dirán muchos más. Tengo perspectiva, tengo imaginación, tengo visión. No soy un político mercenario en deuda con los jefes de ningún partido. Soy un hombre rico, no pretendo enriquecerme a costa del erario. Podría ser un gobernador excelente. El estado necesita liderazgo. Yo podría...

—Tal vez le vote.

Sonrió apesadumbrado.

—Supongo que no es momento para un discurso político, ¿verdad? Sobre todo cuando estoy teniendo tanto cuidado en negar que tenga intención de ser candidato. Pero tiene usted que entender la importancia que esto tiene para mí, señor Scudder.

No dije nada.

—¿Tenía usted alguna recompensa específica en mente?

—El importe tendría que fijarlo usted. Por supuesto, cuanto mayor sea, más grande será el incentivo.

Juntó las puntas de los dedos y se lo pensó.

—Cien mil dólares.

—Eso es bastante generoso.

—Eso es lo que le daría como recompensa. Por la devolución de absolutamente todo.

—¿Cómo podría saber que lo ha recibido todo?

—Ya lo he pensado. Tuve ese problema con Jablon. Nuestras negociaciones se vieron complicadas por lo difícil que me resultaba estar en la misma habitación con él. Mi instinto me decía que quedaría a su merced de forma permanente. Si le hubiera dado sumas sustanciosas, antes o después se las habría gastado y hubiese vuelto por más dinero. Los chantajistas siempre lo hacen, por lo que tengo entendido.

—Es lo habitual, sí.

—Así que le pagaba un tanto cada semana. Un sobre semanal con billetes usados, no correlativos, como si estuviese pagando un rescate. En cierto sentido, lo hacía. Estaba pagando un rescate por todos mis mañanas.

Se recostó en su silla giratoria de madera y cerró los ojos. Tenía una cabeza noble, una cara sólida. Supongo que habría fallas en ella, porque había mostrado su debilidad en su comportamiento, y antes o después el carácter se trasluce en el rostro de uno. En unas caras tarda más que en otras; si había alguna debilidad en esta, no conseguí advertirla.

—Todos mis mañanas —repitió—. Podía permitirme ese pago semanal. Podía tomármelo —de nuevo la fugaz sonrisa pesarosa— como un gasto de campaña. Uno permanente. Lo que me preocupaba era mi continua vulnerabilidad, no ante el señor Jablon, sino por lo que podía ocurrir si él moría. Dios mío, la gente muere a diario. ¿Sabe cuántos neoyorquinos son asesinados al día por término medio?

—Solían ser tres —respondí—. Un homicidio cada ocho horas, esa era la media. Supongo que ahora es más elevada.

—Según me han comunicado, cinco.

—En verano siempre es más alta. El pasado mes de julio hubo una semana en la que el recuento superó los cincuenta. Catorce de ellos en el mismo día.

—Sí, me acuerdo de esa semana.

Apartó la vista un momento, evidentemente perdido en sus pensamientos. Lo que no sabría decir es si estaba pensando en cómo reducir la tasa de homicidios cuando fuera gobernador o en cómo añadir mi nombre a la relación de víctimas. Luego dijo:

—¿Debo asumir que Jablon ha sido asesinado?

—No sé cómo se le podría ocurrir asumir otra cosa.

—Sabía que era una posibilidad. Me preocupaba tal cosa. Esa clase de personas corren un riesgo de ser asesinadas superior a la media. Estoy seguro de que yo no era su única víctima. —Alzó el tono de voz al final de la frase, y aguardó a que yo confirmara o desmintiera su hipótesis, pero me quedé callado y siguió hablando—. Pero aunque no lo hubiesen matado, señor Scudder, la gente muere. Nadie vive eternamente. No me gustaba pagar todas las semanas a ese viscoso caballero, pero la perspectiva de dejar de pagarle resultaba significativamente peor. Podía morir de muchas maneras, por cualquier motivo. De una sobredosis, pongamos.

—No creo que tomase drogas.

—Bien, pero ya me entiende lo que quiero decir.

—Podría haberlo atropellado un autobús —dije.

—Exactamente. —Dio otro gran suspiro—. No puedo volver a pasar por esto. Permítame que le exponga mi punto de vista con toda franqueza. Si usted... recupera el material, le pagaré la suma que he mencionado. Cien mil dólares, de la forma que usted quiera. Ingresados en una cuenta corriente suiza, si prefiere. O en efectivo y en mano. A cambio, espero la devolución de absolutamente todo, y su silencio permanente.

—Eso tiene sentido.

—Así me parece.

—Pero ¿qué garantía tendría de que le he entregado todo lo que ha comprado?

Sus ojos me estudiaron penetrantemente antes de responder:

—Creo que soy bastante bueno juzgando a la gente.

—¿Y ha llegado a la conclusión de que soy honrado?

—Difícilmente. Sin ánimo de ofender, señor Scudder, tal conclusión resultaría ingenua por mi parte, ¿no le parece?

—Probablemente.

—Lo que he decidido —apostilló— es que es usted inteligente. Así que déjeme precisar las cosas. Le pagaré la suma que he mencionado. Y si en algún momento futuro intentara usted volver a extorsionarme, con cualquier pretexto, yo me pondría en contacto con... ciertas personas. Y haría que lo mataran.

—Lo que podría ponerlo en un aprieto.

—Pudiera ser —asintió—, pero en ciertas situaciones, sencillamente tendría que asumir el riesgo. Y como he dicho antes, creo que es usted inteligente. Supongo que sería usted lo suficientemente listo para evitar descubrir si estoy marcándome un farol o no. Cien mil dólares deberían ser suficiente recompensa. No creo que sea usted tan tonto como para intentar estirar su suerte.

Me lo pensé, asentí despacio con la cabeza.

—Tengo una pregunta —dije.

—Adelante.

—¿Por qué no le hizo esta misma oferta a Spinner?

—Lo pensé.

—Pero no se la hizo.

—No, señor Scudder. No se la hice.

—¿Por qué?

—Porque no me pareció lo bastante inteligente.

—Supongo que en eso tenía usted razón.

—¿Por qué dice eso?

—Acabó en el río —dije—, lo que no resultó demasiado inteligente por su parte.

8

Eso fue el jueves. Salí del despacho de Huysendahl un poco antes de mediodía e intenté pensar qué hacer a continuación. Ya había visto a los tres. Todos estaban sobre aviso, todos sabían quién era y dónde podían encontrarme. Yo, a mi vez, había reunido un puñado de datos sobre el negocio de Spinner y muy poco más. Prager y Ethridge no habían dado muestras de estar al tanto de la muerte de Spinner. Huysendahl había parecido realmente sorprendido y abatido cuando se la señalé. Por cuanto podía saber, no había logrado nada más que convertirme en un blanco, y ni siquiera estaba seguro de haberlo hecho bien. Era concebible que me hubiese presentado como un chantajista en exceso razonable. Uno de los tres había intentado asesinar antes, y no le había salido muy allá, por lo que a lo mejor no se sentiría inclinado a probar otra vez. Podía sacarle cincuenta de los grandes a Beverly Ethridge y el doble de esa suma a Ted Huysendahl, y otra cantidad aún por precisar a Henry Prager, y todo sería perfecto, de no ser por una cosa. No pretendía hacerme rico. Intentaba atrapar a un asesino.

El fin de semana siguió adelante. Pasé algún tiempo en la sala de microfilmes de la biblioteca, revisando números atrasados del *Times* y haciendo acopio de información inútil sobre mis tres candidatos y sus diversas amistades y conocidos. En la misma página en la que aparecía una vieja historia sobre un centro comercial con el que había tenido algo que ver Henry Prager, me saltó a la vista mi propio nombre. Había un artículo sobre una detención particularmente brillante que había efectuado cosa de un año antes de abandonar el cuerpo. Un compañero y yo habíamos trincado a un mayorista de heroína con caballo puro suficiente para una sobredosis mundial. Habría disfrutado más de la historia si no hubiese sabido cómo terminó. El traficante tenía un buen abogado y el caso entero fue desestimado por un tecnicismo. Se corrió por entonces la voz de que había costado veinticinco mil dólares limpios que el juez se mostrase receptivo.

Aprendes a reaccionar filosóficamente ante cosas así. No conseguimos encerrar a aquel capullo, pero lo jodimos bastante bien. Veinticinco mil dólares para el juez, otros diez mil o quince mil para el abogado, fácil, y encima se había quedado sin el caballo, lo que suponía perder lo que le había pagado al importador, más lo que habría podido sacar limpio al venderlo. Me habría gustado más verlo en chirona, pero hay que saber conformarse con lo que se consigue. Como el juez.

En algún momento del domingo llamé a un número que no tuve que buscar. Contestó Anita, y le dije que tenía un giro postal de camino.

—He ganado un par de pavos —le dije.

—Bueno, no vendrá mal —respondió—, gracias. ¿Quieres hablar con los chicos?

La verdad era que sí y no. Están llegando a una edad en la que me resulta un poco más fácil hablar con ellos, pero sigue siendo embarazoso hacerlo por teléfono. Estuvimos hablando de baloncesto.

Nada más colgar me asaltó un pensamiento extraño. Se me ocurrió que bien pudiera no volver a hablar con ellos. Spinner había sido cuidadoso por naturaleza, era un hombre que pasaba inadvertido de forma voluntaria, que solo se sentía a gusto en la sombra más densa, y aun así no había sido lo bastante cuidadoso. Yo estaba acostumbrado a los espacios abiertos, y de hecho tenía que mantenerme lo suficiente al descubierto para facilitar que intentaran matarme. Si el asesino de Spinner decidía probar suerte conmigo, hasta podría salirle bien.

Me sentí tentado de volver a llamar y hablar otra vez con ellos. Me pareció que debería tener algo importante que decirles, por si de casualidad había tratado de abarcar más de lo que podía. Pero no conseguí que se me ocurriese nada, y en unos pocos minutos se me pasaron las ganas.

Esa noche bebí de más. Menos mal que nadie intentó pegarme un tiro entonces: habría resultado un blanco fácil.

La mañana del lunes llamé a Prager. Le había dejado mucha correa, y convenía que le diera un tirón. Su secretaria me dijo que estaba hablando por la otra línea y me preguntó si me importaba esperar. Aguardé un par de minutos, luego volvió a ponerse para ver si seguía al aparato, y me pasó con él.

—He pensado la manera de llevar a cabo esto para que quede usted a cubierto —dije—. Hay una cosa de la que la poli intentó acusarme en su día, pero nunca consiguieron probarlo. —Prager no sabía que yo había sido policía—. Puedo redactar una confesión, aportar las pruebas necesarias para que resulte irrefutable. Se la entregaré como parte del trato.

Era básicamente la misma propuesta que le había hecho a Beverly Ethridge, y a Prager le pareció igual de razonable que a ella. Ninguno de los dos había logrado advertir el gazapo. Lo único que tenía que hacer era confesar con todo lujo de detalles un crimen que nunca había sucedido, y aunque mi confesión resultara una lectura interesante, difícilmente le serviría de salvaguardia a nadie. Pero a Prager eso ni se le pasó por la cabeza, así que le gustó la idea.

Lo que no le gustó fue el precio que le pedí.

—Eso es imposible —me dijo.

—Es mejor que pagarlo poco a poco. Estaba dándole dos mil dólares mensuales a Jablon. A mí me pagaría sesenta mil de una vez, es menos que tres años de pagos mensuales, y se acabaría todo para siempre.

—No puedo reunir una suma así.

—Ya encontrará una forma de hacerlo, Prager.

—Es imposible.

—No sea estúpido —dije—, es usted un hombre importante en su campo, todo un triunfador. Si no lo tiene en efectivo, seguro que tiene propiedades contra las que pueda solicitar un préstamo.

—No puedo hacerlo. —Casi se le quebró la voz—. He tenido... dificultades financieras. Algunas inversiones no han resultado como estaba previsto. La economía... Se está construyendo menos, los tipos de interés han enloquecido, la semana pasada la tasa de redescuento subió al diez por ciento...

—No quiero una clase de economía, señor Prager. Quiero sesenta mil dólares.

—He pedido prestado ya todo cuanto podía. —Se calló un momento—. No puedo, no tengo de dónde...

—Voy a necesitar el dinero bastante pronto. —Lo interrumpí—. No quiero quedarme en Nueva York más tiempo del necesario.

—No puedo...

—Muéstrese creativo —dije—. Me pondré en contacto con usted.

Colgué el teléfono y me quedé sentado en la cabina un par de minutos, hasta que alguien que esperaba para usarla aporreó con impaciencia la puerta. La abrí y me puse de pie. El hombre que quería llamar estuvo a punto de decir algo, pero me miró y se lo pensó mejor.

No estaba disfrutando nada. Le estaba apretando el torno a Prager: si era él quien había matado a Spinner, a lo mejor se lo merecía. Pero si no había sido él, lo había torturado de forma gratuita, y la idea no me hizo ninguna gracia.

Una cosa había quedado clara en nuestra conversación: estaba a dos velas. Y si Spinner lo había apremiado también para conseguir un pago final rápido, un buen pellizco para poder largarse de la ciudad antes de que alguien se lo cargara, bien pudiera haber sido para Prager la gota que había desbordado el vaso.

Había estado a punto de descartarlo después de verlo en su oficina la primera vez. No creí que tuviese motivo suficiente, pero ahora sí parecía tener uno lo bastante bueno, al fin y al cabo.

Y yo acaba de darle otro más.

Llamé a Huysendahl un poco más tarde. Había salido, así que dejé mi número, y me devolvió la llamada a eso de las dos.

—Ya sé que no debería haberlo llamado —le dije—, pero tengo una buena noticia que darle.

—¿Sí?

—Estoy en situación de reclamar la recompensa.

—¿Ha conseguido encontrar aquel material?

—Así es.

—Ha sido un trabajo muy rápido —respondió.

—Oh, solo ha sido la sólida práctica detectivesca y un poquito de suerte.

—Ya veo. Puede que necesite algún tiempo para... hum..., reunir la recompensa.

—No ando muy sobrado de tiempo, señor Huysendahl.

—Tiene que mostrarse razonable en esto, ¿entiende? La suma de la que hablamos es sustancial.

—Tengo entendido que posee usted activos asimismo sustanciales.

—Sí, pero no en efectivo. No todos los políticos tenemos un amigo en Florida con esa cantidad de dinero guardada en una caja fuerte. —Soltó una risita al decir esa frase, y pareció decepcionado de que no le riese la gracia—. Necesitaré algún tiempo.

—¿Cuánto?

—Un mes como mucho. Puede que menos.

El papel estaba resultándome fácil, a fuerza de tanto ensayarlo.

—No es lo bastante pronto —le dije.

—¿En serio? ¿Exactamente cuánta prisa tiene?

—Muchísima. Quiero largarme de la ciudad. No me sienta bien el clima.

—Pero si ha hecho bastante buen tiempo estos últimos días.

—Ese es precisamente el problema. Hace demasiado calor.

—Ah, ¿sí?

—Pienso mucho en lo ocurrido a nuestro mutuo amigo, y no me gustaría que me pasara lo mismo.

—Debió de darle un disgusto a alguien.

—Sí, bueno, yo también he disgustado a unas cuantas personas, señor Huysendahl, y lo que quiero es salir cagando leches de aquí esta misma semana.

—No creo que eso vaya a ser posible. —Hizo una pausa—. Aunque siempre podría usted marcharse ahora y volver a cobrar la recompensa cuando las cosas se hayan calmado un tanto.

—Creo que no me gustaría tener que hacer eso.

—Esa afirmación resulta un tanto alarmante, ¿no le parece? El tipo de negocio que hemos comentado requiere un cierto grado de toma y daca por ambas partes. Tiene que ser un proyecto en cooperación.

—Un mes es demasiado tiempo.

—Quizá pueda conseguirlo en dos semanas.

—Quizá tenga que hacerlo —le solté.

—Eso ha sonado desagradablemente como una amenaza.

—El asunto es que no es usted la única persona que ofrece una recompensa.

—No me extraña.

—Claro. Y si tengo que irme de la ciudad antes de poder cobrar su recompensa, bueno, nunca se sabe qué podría ocurrir.

—No sea estúpido, Scudder.

—No quiero serlo. Creo que ninguno de los dos debiéramos.

—Tomé aliento—. Mire, señor Huysendahl, estoy seguro de que podremos llegar a un acuerdo.

—Desde luego, espero que tenga razón.

—¿Qué le parecen dos semanas?

—Complicado.

—Pero ¿podría conseguirlo?

—Puedo intentarlo. Espero poder lograrlo.

—Yo también. Ya sabe dónde encontrarme.

—Sí —dijo—, sé dónde encontrarlo.

Colgué el teléfono y me serví una copa. Una pequeña. Me bebí media de un trago e hice durar el resto. Sonó el teléfono. Apuré el bourbon y contesté. Pensé que sería Prager. Era Beverly Ethridge.

—Matt, soy Bev —dijo—. Espero no haberte despertado.

—No.

—¿Estás solo?

—Sí. ¿Por qué?

—Me siento sola.

No dije nada. Recordé cómo me había sentado a su mesa, frente a ella, dejando claro que no me atraía nada. Evidentemente, mi actuación parecía haberla convencido. Pero no me llamaba a engaño. Esa mujer era muy buena insinuándosele a la gente.

—Esperaba que pudiéramos vernos, Matt. Hay algunas cosas de las que deberíamos hablar.

—De acuerdo.

—¿Estás libre esta tarde sobre las siete? Estoy ocupada hasta entonces.

—A las siete me viene bien.

—¿En el mismo sitio?

Recordé cómo me había sentido en el Pierre. Esta vez nos veríamos en mi terreno. Pero no en el Armstrong; no quería llevarla ahí.

—Hay un local llamado Polly Cage —le dije—. Está en la calle Cincuenta y siete, entre la Octava y la Novena, a media manzana, en el lado más cercano al centro de la ciudad.

—¿Polly Cage? Suena encantador.

—Es mejor de lo que parece.

—Entonces te veré allí a las siete. En la Cincuenta y siete entre la Octava y la Novena... Eso está muy cerca de tu hotel, ¿verdad?

—Está justo enfrente.

—Eso es muy práctico —dijo.

—Me viene bien.

—Puede que nos venga bien a los dos, Matt.

Salí, me tomé un par de copas y comí algo. A eso de las seis volví a mi hotel. Pregunté en recepción y Benny me dijo que me habían llamado tres veces, pero que no habían dejado recado.

Llevaba menos de diez minutos en mi cuarto cuando sonó el teléfono. Lo cogí y una voz desconocida dijo:

—¿Scudder?

—¿Quién es?

—Deberías tener mucho cuidado. Actuando a tontas y a locas estás disgustando a la gente.

—No creo que nos hayan presentado.

—No quieras conocerme. Lo único que necesitas saber es que el río es muy grande y tiene mucho sitio. No querrás llenarlo todo tú solo.

—¿Y quién te ha escrito esa réplica, si se puede saber?

Se cortó la comunicación.

9

Llegué al Polly Cage unos minutos antes de la hora. Cuatro hombres y dos mujeres estaban bebiendo en la barra, tras la cual Chuck se reía educadamente de algo que acababa de decir una de las mujeres. Desde la gramola, Sinatra estaba pidiendo que dejaran entrar a los payasos.*

El local es pequeño, con la barra a la derecha según se entra de la calle. Una barandilla recorre el lugar de un extremo a otro, y a su izquierda, subiendo unos escalones, hay un espacio que contiene cerca de una docena de mesas. Todas estaban libres cuando entré. Me acerqué a la apertura de la barandilla, subí los escalones y me instalé en la mesa más alejada de la puerta.

El Polly congrega a la mayor parte de su parroquia alrededor de las cinco de la tarde, cuando la gente sedienta sale de sus oficinas. Los que tienen sed de verdad se quedan más que el resto, pero el local no atrae a mucha clientela de paso, y casi siempre cierra bastante temprano. Chuck sirve copas generosas, y los bebedores de las cinco de la tarde normalmente se van pronto. Los viernes, la gente que celebra el arranque del fin de semana demuestra cierta perseverancia, pero los demás días suelen cerrar

* Alude a la canción «Send in the Clowns», de Stephen Sondheim, del musical de Broadway *A Little Night Music* (1973), que se convirtió en un gran éxito cuando Frank Sinatra la incluyó en su álbum *Ol' Blue Eyes Is Back* (Reprise, 1973). (*N. del t.*)

alrededor de la medianoche, y ni siquiera se molestan en abrir los sábados o domingos. Es solo un bar en el barrio sin llegar a ser un bar de barrio.

Pedí un bourbon doble y ya me había echado al coleto la mitad cuando entró ella. Titubeó en la puerta primero, al no verme, y algunas conversaciones se extinguieron cuando varias cabezas se volvieron para mirarla. Pareció no darse cuenta de la atención que despertaba, o estaba demasiado acostumbrada ya para tomar nota. Me vio, se acercó y se sentó enfrente de mí. Las conversaciones del bar volvieron a empezar en cuanto quedó claro que no estaba disponible.

Dejó deslizarse su abrigo de los hombros hasta el respaldo de la silla. Llevaba un suéter rosa fuerte. Era un color que le sentaba bien, y era justo de su talla. Sacó un paquete de cigarrillos y un mechero del bolso. Esta vez no esperó que le encendiera el cigarrillo. Aspiró un montón de humo, lo exhaló en una fina columna y miró con evidente interés cómo ascendía hacia el techo.

Cuando vino la camarera le pidió un gin-tonic.

—Estoy adelantando la temporada —dijo—. En realidad, hace demasiado frío para bebidas veraniegas, pero soy una persona tan cálida emocionalmente que puedo salirme con la mía, ¿no te parece?

—Lo que usted diga, señora Ethridge.

—¿Por qué te empeñas en olvidarte de mi nombre de pila? Los chantajistas no deberían mostrarse tan formales con sus víctimas. A mí me resulta fácil llamarte Matt. ¿Por qué no puedes llamarme Beverly?

Me encogí de hombros. Ni yo mismo sabía la razón, en realidad. Me resultaba difícil saber con certeza cuál era mi reacción personal ante ella, y cuál era parte del papel que estaba representando. No la llamaba Beverly en buena medida porque ella quería que lo hiciera, pero esa era una respuesta que solo llevaba a otra pregunta más.

Trajeron su copa. Apagó su pitillo y dio un sorbo a su ginebra con tónica. Inspiró hondo y sus pechos subieron y bajaron dentro del suéter rosa.

—¿Matt?

—¿Qué?

—He estado intentando pensar en alguna forma de reunir el dinero.

—Bien.

—Me va a llevar algún tiempo.

Había jugado la misma baza con los tres, y todos me habían salido con la misma respuesta. Todos eran ricos, pero ninguno podía juntar unos cuantos dólares. Tal vez el país estaba en apuros; igual la economía iba de verdad tan mal como decía todo el mundo.

—¿Matt?

—Necesito el dinero de inmediato.

—So hijo de puta, ¿no crees que me gustaría acabar con esto lo antes posible? De la única forma que podría conseguir el dinero sería pidiéndoselo a Kermit, y no puedo decirle para qué lo necesito. —Agachó la mirada—. De todas formas, él tampoco lo tiene.

—Creía que tenía más pasta que el propio Dios.

Negó con la cabeza.

—Aún no. Tiene una renta, una renta considerable, pero no tendrá acceso a la totalidad del capital hasta que cumpla los treinta y cinco.

—¿Y eso cuándo será?

—Su cumpleaños es en octubre. El dinero de los Ethridge está invertido todo en un fideicomiso que expira cuando el hijo más joven cumpla treinta y cinco años.

—¿Él es el más joven?

—Así es. Tendrá el dinero en octubre. Faltan seis meses. He decidido, y hasta se lo he comentado a él, que me gustaría tener algún dinero propio. Para no depender de él hasta el punto en el que me encuentro ahora. Es la clase de petición que él entiende, y más o menos me ha dicho que sí. Así que en octubre me dará dinero. No sé cuánto, pero seguramente serán más de cincuenta mil dólares, y entonces estaré en condiciones de arreglar las cosas contigo.

—En octubre.

—Sí.

—Pero no tendrá dinero en las manos entonces, no obstante. Habrá que hacer mucho papeleo. Faltan seis meses para octubre, y fácilmente pasarán otros seis meses más antes de que disponga de efectivo.

—¿De verdad tardará tanto?

—Fácilmente. Así que no estamos hablando de seis meses, estamos hablando de un año, y eso es demasiado tiempo. Demonios, hasta un mes es demasiado, señora Ethridge. Quiero largarme de esta ciudad.

—¿Por qué?

—No me gusta el clima.

—Pero ha llegado la primavera. Son los mejores meses de Nueva York, Matt.

—Sigue sin gustarme.

Cerró los ojos y estudié su cara en reposo. La luz de la sala le iba a la perfección: velas eléctricas puestas de dos en dos brillaban sobre el papel pintado moteado de rojo. En la barra, uno de los clientes se puso en pie, recogió parte del cambio que tenía ante él y se dirigió a la puerta. Dijo algo según salía, y una de las mujeres se rio en voz alta. Otro hombre entró en el bar. Alguien puso dinero en la gramola, y Lesley Gore dijo que era su fiesta, y que lloraba si le daba la gana.*

—Tienes que darme más tiempo —dijo ella.

—No puedo darle lo que no tengo.

—¿Por qué tienes que irte de Nueva York? ¿De qué demonios tienes miedo?

---

* La popular «It's My Party» fue un éxito tremendo para la entonces jovencísima cantante estadounidense Lesley Gore en 1963. (*N. del t.*)

—De lo mismo que Spinner.

Asintió, pensativa.

—Estaba muy nervioso hacia el final —dijo—, eso hacía muy interesante la parte de la cama.

—Seguro que sí.

—Yo no era su única víctima. Lo dejó bastante claro. ¿Estás trabajándote toda su cartera, Matt, o solo a mí?

—Es una buena pregunta, señora Ethridge.

—Sí, a mí también me lo parece. ¿Quién lo mató, Matt? ¿Otro de sus clientes?

—¿Quiere decir que está muerto?

—Leo los periódicos.

—Claro. A veces sale su foto en ellos.

—Sí, y vaya suerte tuve ese día. ¿Lo mataste tú, Matt?

—¿Por qué iba yo a hacer eso?

—Para apoderarte de su bonito negocio. Pensé que lo habías asustado, y luego leí que lo habían pescado en el río. ¿Lo mataste?

—No. ¿Y usted?

—Seguro, con mi arco y una flecha. Escucha, si esperas un año a cobrar, te daré el doble. Cien mil dólares. No es un mal interés.

—Preferiría cobrar ya e invertirlo por mi cuenta.

—Ya te he dicho que no puedo conseguirlo.

—¿Y qué hay de su familia?

—¿Qué pasa con ella? No tiene dinero.

—Pensé que tenía un papá rico.

Se le escapó una mueca de dolor, que disimuló encendiendo otro cigarrillo. Nuestras copas estaban vacías. Le hice un gesto a la camarera y nos trajo otra copa de lo mismo. Le pregunté si había café. Me dijo que no quedaba, pero que pondría una cafetera si quería. Sonó como si en realidad esperase que no quisiera. Le dije que no se molestara.

—Tuve un bisabuelo rico —dijo Beverly Ethridge.

—¿Sí?

—Pero mi padre siguió los pasos de mi abuelo. El arte gentil de derrochar una fortuna. Crecí pensando que siempre tendríamos dinero. Eso era lo que hacía que todo lo que pasaba en California resultase tan fácil. Mi papá era rico y nunca tuve que preocuparme de verdad por nada. Siempre me sacaba de apuros. Ni siquiera las cosas serias lo eran.

—¿Y qué pasó luego?

—Se suicidó.

—¿Cómo?

—Se sentó en el coche con el motor en marcha en un garaje cerrado. ¿Qué más da cómo?

—Nada, supongo. Siempre me pregunto cómo lo hace la gente, eso es todo. Los médicos suelen usar una pistola, ¿lo sabía? Tienen fácil acceso a los medios más sencillos y más limpios que existen, una sobredosis de morfina, cosas así, y en su lugar en general se saltan la tapa de los sesos y lo ponen todo perdido. ¿Por qué se suicidó?

—Porque ya no quedaba dinero. —Alzó la copa, pero se quedó parada con ella en vilo a medio camino de la boca—. Por eso me volví al este. De repente, mi padre estaba muerto y, en vez de dinero, estábamos cargados de deudas. Tenía seguros suficientes para que mi madre pueda vivir decentemente. Vendió la casa y se mudó a un apartamento. Con eso, y con la seguridad social, se las arregla para ir tirando. —Dio un gran trago—. No quiero hablar de esto ahora.

—De acuerdo.

—Si le llevaras esas fotos a Kermit, no sacarías nada. Lo único que conseguirías es arruinar tu negocio. No las compraría, porque no le importa mi reputación. Solo le preocupa la suya, lo que implicaría deshacerse de mí y buscarse una esposa con sangre de horchata, como él.

—Quizás.

—Esta semana está jugando al golf. Un torneo Pro-Am, suelen organizarlos la víspera de los torneos normales. Se busca a un golfista profesional de compañero, y si quedan entre los primeros, al profesional le supone unos cuantos dólares. Kermit se queda con la gloria. El golf es su principal pasión.

—Creía que era usted.

—Yo soy decorativa, en el buen sentido. Y puedo pasar por una dama. Cuando tengo que hacerlo.

—Cuando tiene que hacerlo.

—Así es. Ahora mismo está fuera de la ciudad, preparándose para el torneo. Así que puedo salir hasta las tantas si quiero. Puedo hacer lo que quiera.

—Muy práctico para usted.

—Supongo que no puedo valerme del sexo esta vez. —Suspiró—. ¿Verdad?

—Me temo que no.

—Es una lástima. Me he acostumbrado a usarlo. Soy la hostia de buena. ¡Demonios! Cien mil dólares dentro de un año es un montón de pasta.

—Más vale pájaro en mano.

—Ojalá tuviera algo que usar contigo. El sexo no sirve, y no dispongo de dinero. Tengo unos cuantos dólares en una cuenta de ahorro, es dinero mío.

—¿Cuánto?

—Unos ocho mil. Hace mucho tiempo que no actualizo la cuenta con los intereses. Se supone que hay que llevar la libreta una vez al año, pero todavía no lo he hecho ni una sola vez. Podría darte lo que tengo, como pago a cuenta.

—De acuerdo.

—¿La semana que viene?

—¿Qué tiene de malo mañana?

—No. —Sacudió la cabeza enfáticamente—. Lo único que puedo comprar con mis ocho mil es tiempo, ¿verdad? Así que voy a comprar una semana ahora mismo. De hoy en ocho días tendrás el dinero.

—Ni siquiera sé si lo tiene.

—No, no lo sabes.

Me lo pensé un rato.

—De acuerdo —dije por último—. Ocho mil dólares de hoy en ocho días. Pero no voy a esperar un año entero para cobrar el resto.

—Tal vez podría hacer algunos servicios —dijo ella—. Como unos cuatrocientos veinte, a cien dólares el polvo.

—O cuatro mil doscientos, a diez pavos.

—Cabronazo —dijo.

—Ocho mil. De hoy en ocho.

—Los tendrás.

Me ofrecí a buscarle un taxi. Me dijo que ya se lo buscaría ella sola, y que esta vez podía pagar las copas yo. Cuando se marchó, me quedé sentado unos minutos, después pagué la nota y me fui. Crucé la calle y le pregunté a Benny en recepción si tenía algún mensaje. No tenía ninguno, pero me había llamado un hombre que no había dicho quién era. Me pregunté si sería el tipo que había amenazado con tirarme al río.

Me acerqué al Armstrong y me senté a mi mesa acostumbrada. El local estaba muy lleno para ser lunes. La mayoría de las caras me resultaban familiares. Tomé bourbon y café; al volver a pedir lo mismo por tercera vez, entreví un rostro que me resultó conocido sin serlo. Cuando Trina volvió a hacer su ronda entre las mesas, le hice un gesto con el dedo. Se acercó a mí enarcando las cejas, y la expresión acentuó el aire felino de sus rasgos.

—No te vuelvas —le dije—. El tipo que está ahí delante en la barra, entre Gordie y el de la chaqueta vaquera.

—¿Qué pasa con él?

—Nada, probablemente. No lo hagas ahora mismo, pero en un par de minutos, ¿por qué no pasas a su lado y le echas un buen vistazo?

—¿Y después, capitán?

—Vuelve a informar al control de la misión.

—¡A la orden, señor!

Mantuve la vista fija en la puerta, pero concentrado en lo que podía ver de aquel hombre por el rabillo del ojo, y no, no eran figuraciones mías. Seguía mirando en mi dirección. Era difícil calcular su estatura, porque estaba sentado, pero parecía casi lo bastante alto para jugar al baloncesto. Tenía la tez bronceada y llevaba largo, a la moda, el pelo de color arena. No podía distinguir bien sus rasgos —nos separaba toda la extensión del local—, pero me produjeron una impresión de dureza fría y competente.

Trina volvió con una copa que no había llegado a pedirle.

—Es para disimular —dijo, al depositarla ante mí—. Le he dado un buen repaso visual. ¿Qué es lo que ha hecho?

—Nada, que yo sepa. ¿Lo habías visto antes?

—No creo. De hecho, estoy segura de que no, porque en tal caso me acordaría de él.

—¿Por qué?

—Es de esa gente que destaca entre la multitud. ¿Sabes a quién se parece? Al hombre de Marlboro.

—¿El de los anuncios? ¿No usaron a varios tíos?

—Claro. Se parece a todos ellos. Ya sabes, botas altas de cuero crudo, sombrero de ala ancha, atufando a mierda de caballo y con un tatuaje en la mano. No lleva botas ni sombrero, y le falta el tatuaje, pero es la misma imagen. No me preguntes si huele a mierda de caballo, no me he acercado lo bastante para notarlo.

—No iba a preguntártelo.

—¿Cuál es la historia?

—No estoy seguro de que haya una. Me parece que lo he visto hace un rato en el Polly Cage.

—Igual está haciendo las estaciones.

—Ajá. Las mismas que hago yo.

—¿Y?

Me encogí de hombros.

—Nada, probablemente. Gracias por el trabajo de reconocimiento, de todos modos.

—¿Me he ganado una placa?

—Y un anillo decodificador.

—Guay —dijo Trina.

Esperé a que se fuera. Decididamente, me estaba mirando. No conseguí dilucidar si se había dado cuenta de que él también me interesaba a mí. No quise mirarlo de frente.

Tal vez me siguiera desde el Polly. No estaba seguro de haberlo visto allí, pero tenía la impresión de que lo había visto en algún sitio. Si me había localizado en el Polly, no resultaba difícil asociarlo con Beverly Ethridge; de entrada, podía haber fijado la cita para colocarme una sombra. Pero aunque hubiese estado en el Polly, eso no demostraba nada; podía haberme localizado antes y haberme seguido hasta allí. No había intentado ocultarme. Todo el mundo sabía dónde vivía, y me había pasado el día entero en el barrio.

Eran probablemente alrededor de las nueve y media cuando me fijé en él, tal vez más bien las diez. Eran casi las once cuando recogió velas y se largó. Había decidido que se iría antes que yo, y me habría quedado allí sentado hasta que Billie cerrara el local si hubiera sido necesario. No hizo falta esperar tanto, y así lo había pensado. El hombre de Marlboro no parecía de los que disfrutan pasando el rato en un bar de la Novena Avenida, ni siquiera en uno tan acogedor como el Armstrong. Era demasiado activo, vaquero y de puertas afuera, y a las once de la noche se había subido a su caballo y había cabalgado hacia el sol poniente.

Unos minutos después de su marcha, Trina se acercó y se sentó enfrente de mí. Aún estaba trabajando, así que no pude invitarla a una copa.

—Tengo más información —me dijo—. Billie no lo había visto nunca. Y espera no volver a verlo nunca más, ha dicho, porque no le gusta servir bebidas alcohólicas a gente con ojos como esos.

—¿Ojos como qué?

—No ha entrado en detalles. Podrías preguntárselo tú mismo. ¿Qué más? Ah, sí. Pidió cerveza. Dos, en otras tantas horas. Würzburger negra, si te interesa.

—No mucho.

—También dijo...

—¡Mierda!

—Billie raras veces dice «mierda». Dice a menudo «joder», pero raras veces «mierda», y tampoco lo ha hecho ahora. ¿Qué pasa?

Pero yo ya me había levantado de un salto e iba de camino hacia la barra. Billie se me acercó; le estaba sacando brillo a un vaso con un paño.

—Te mueves deprisa para ser tan grande, forastero —dijo.

—Pero mi mente se mueve despacio. Ese cliente de antes...

—El hombre de Marlboro, lo llama Trina.

—Ese mismo. Supongo que no habrás fregado aún su vaso, ¿verdad?

—Pues sí, de hecho. Es ese de ahí, si no recuerdo mal. —Lo levantó para que yo lo inspeccionara—. ¿Ves? Impoluto.

—Mierda.

—Eso es lo que dice Jimmie cuando no los friego. ¿Qué ocurre?

—Bueno, que a menos que ese cabrón llevase guantes, acabo de cometer una estupidez.

—Guantes. ¡Oh! ¿Huellas dactilares?

—Ajá.

—Creía que eso solo pasaba en la televisión.

—No si te las sirven en bandeja. O en un vaso de cerveza. Mierda. Si volviera alguna vez, que sería mucho esperar...

—Cogeré el vaso con un paño y lo guardaré a buen recaudo.

—Esa es la idea.

—Si me lo hubieses dicho...

—Lo sé. Se me tenía que haber ocurrido antes.

—Lo único que me interesaba era verle la espalda. No me gusta la gente así en ningún sitio, pero mucho menos en los bares. Hizo que las dos cervezas le duraran una hora cada una, y eso me pareció de perlas. No tenía intención de animarlo a beber. Cuanto menos bebiese y antes se marchara, más feliz me iba a sentir.

—¿Habló algo?

—Solo para pedir las cervezas.

—¿Notaste algún tipo de acento?

—Nada que me llamara la atención en ese momento. Déjame pensarlo. —Cerró los ojos unos segundos—. No. Americano estándar sin particularidades. Normalmente me fijo en las voces, pero no consigo recordar nada en especial de la suya. No puedo creer que sea de Nueva York, pero ¿eso qué prueba?

—No demasiado, en realidad. Trina me ha dicho que no te gustaron sus ojos.

—No me gustaron nada en absoluto.

—¿Por qué?

—Por la sensación que me dieron. Es difícil de describir. Ni siquiera sabría decirte de qué color eran, aunque creo que eran más bien claros que oscuros. Pero tenían algo, no pasaban de la superficie.

—No estoy seguro de entender lo que quieres decir.

—No tenían ninguna profundidad. Podrían haber sido de cristal, casi. ¿No seguirías por televisión el caso Watergate?

—Algo. No mucho.

—Uno de esos capullos, uno de los que tenían nombre alemán...

—Todos tenían nombres alemanes, ¿no?

—No todos, pero había dos. No me refiero a Haldeman, sino al otro.

—Ehrlichman.

—Ese es el capullo, sí. ¿No lo verías, por casualidad? ¿Te fijaste en sus ojos? No tenían ninguna profundidad.

—Un hombre de Marlboro con ojos como los de Ehrlichman.

—Esto no estará conectado con el Watergate ni nada, ¿no, Matt?

—Solo en espíritu.*

Volví a mi mesa y me tomé una taza de café. Me hubiera gustado endulzarla con bourbon, pero decidí que no sería sensato hacerlo. El hombre de Marlboro no tenía previsto intentar nada contra mí esa noche. Había demasiada gente que podría situarlo en la escena. No había sido más que un simple reconocimiento. Si fuera a intentar algo, sería en otro momento.

O eso era lo que me parecía a mí, pero no me fiaba lo bastante de mi razonamiento para irme andando a casa con demasiado bourbon en las venas. Probablemente tuviese razón, pero no quería correr el riesgo de equivocarme del todo.

Pensé en lo que había visto del tipo, añadí los ojos de Ehrlichman y la impresión general que le había producido a Billie, e intenté casar el retrato resultante con mis tres angelitos. No logré nada. Podía ser un matón salido de alguna obra de Prager, o algún joven y saludable semental que a Beverly Ethridge le gustara tener a mano, o tal vez algún talento profesional contratado para la ocasión por Huysendahl. Sus huellas dactilares me habrían permitido saber quién era, pero había estado demasiado lento de reflejos para aprovechar la oportunidad. De haber podido averiguar quién era, habría podido pillarlo por sorpresa, pero ahora tendría que dejarle hacer la primera jugada, y esperarlo de frente.

* Las sesiones de la comisión de investigación del Senado estadounidense sobre el escándalo Watergate fueron transmitidas en directo por la televisión del 17 de mayo al 7 de agosto de 1973. H. R. Haldeman y John Ehrlichman, dos asistentes personales del presidente Nixon, tuvieron que dimitir y acabarían siendo procesados y condenados por perjurio. (N. del t.)

Supongo que serían las doce y media cuando pagué la cuenta y me marché. Abrí la puerta con cuidado, sintiéndome un poco tonto, y miré a un lado y a otro de la Novena Avenida, en ambas direcciones. No vi a mi hombre de Marlboro, ni vi nada que pareciese una amenaza en absoluto.

Me dirigí hacia la esquina de la calle Cincuenta y siete, y por primera vez desde que empezara todo esto tuve la sensación de ser un blanco. Yo mismo me lo había buscado, deliberadamente, y la idea desde luego había parecido buena al principio, pero desde que había aparecido el hombre de Marlboro las cosas se habían vuelto muy distintas. Ahora se trataba de algo real, y eso era lo que lo hacía diferente.

Hubo un movimiento en un portal delante de mí, y estaba de puntillas antes de reconocer a la anciana. Había aparecido en su sitio acostumbrado, en la puerta de una *boutique* llamada Sartor Resartus. Siempre se pone ahí cuando el tiempo lo permite. Siempre pide dinero. La mayoría de las veces le doy algo.

—Caballero, si usted pudiera darme algo... —dijo; encontré unas monedas sueltas en el bolsillo y se las di—. Dios lo bendiga —añadió.

Le contesté que esperaba que tuviese razón. Seguí caminando hacia la esquina, y fue buena cosa que no estuviese lloviendo esa noche, porque la oí gritar antes de oír al coche. Soltó un chillido, y me di la vuelta a tiempo de ver un coche con las luces largas encendidas abalanzarse sobre mí.

10

No me dio tiempo de pensármelo dos veces. Supongo que tengo buenos reflejos. Por lo menos, resultaron lo suficientemente buenos. Estaba desequilibrado de haberme vuelto de manera brusca al gritar la mujer, pero no me paré a intentar recuperar el equilibrio. Me limité a dejarme caer hacia la derecha. Caí sobre un hombro y rodé contra el edificio.

Fue por los pelos. Si un conductor tiene redaños, puede dejarte sin el menor sitio. Lo único que tiene que hacer es rebotar el coche contra la pared del edificio. Eso puede resultar duro para el vehículo, y también para el edificio, pero ante todo, durísimo para la persona que quede atrapada entre los dos. Se me ocurrió que podría hacerlo, y cuando en el último instante dio un volantazo, pensé que aún podría ocurrir accidentalmente, si la parte trasera del coche daba un latigazo y me aplastaba como a una mosca.

Falló por poco. Noté la corriente de aire cuando el coche pasó como un huracán junto a mí. Entonces rodé hacia el lado y lo vi bajar de la acera y volver a la avenida. El coche arrancó un parquímetro a su paso, dio un bote cuando tocó el asfalto, aceleró a fondo y dio la vuelta a la esquina justo cuando el semáforo se ponía en rojo. Se saltó el disco, pero, en realidad, es lo que hacen la mitad de los conductores en Nueva York. Ni recuerdo cuándo fue la última vez que vi a un policía multar a alguien por una infracción de tráfico en movimiento. Sencillamente, no tienen tiempo.

—¡Locos, si es que van como locos!

Era la anciana, ahora de pie a mi lado, haciendo «chist, chist».

—Se toman unos whiskys —afirmó— y se fuman unos porros, y luego se van a echar unas carreras. Podrían haberlo matado.

—Sí.

—Y encima, ni siquiera se ha parado para ver si estaba usted bien.

—No ha sido demasiado considerado, no.

—La gente ya no tiene la menor consideración.

Me puse de pie y me sacudí la ropa. Estaba temblando, y muy nervioso. La anciana habló de nuevo.

—Caballero, si pudiera darme algo...

Pero sus ojos se enturbiaron ligeramente y frunció el ceño, aparentemente desconcertada.

—No —dijo—, acaba usted de darme dinero hace un momento, ¿verdad? Es muy difícil acordarse.

Eché mano de mi cartera.

—Esto es un billete de diez dólares —le dije poniéndoselo en la mano—. Asegúrese de que se acuerda, ¿vale? Asegúrese de que le dan el cambio correcto cuando lo gaste. ¿Me entiende?

—Ay, Dios —exclamó.

—Y ahora será mejor que se vaya a casa y duerma un poco. ¿De acuerdo?

—Ay, Dios —exclamó otra vez—. Diez dólares. Un billete de diez dólares. Oh, que Dios lo bendiga, caballero.

—Acaba de hacerlo —le dije.

Isaías estaba en la recepción cuando llegué al hotel. Es un antillano de tez clara con vivos ojos azules y pelo crespo del color del óxido. Tiene grandes pecas oscuras en las mejillas y en el dorso de las manos. Le gusta el turno de medianoche a ocho de la mañana porque es tranquilo y puede quedarse sentado detrás del mostrador haciendo acrósticos dobles, y echar de vez en cuando un trago de una botella de jarabe para la tos con codeína.

Los pasatiempos los hace con un rotulador de punta de nailon. En cierta ocasión le pregunté si no era más difícil así.

—De otra manera, no hay de qué estar orgulloso, señor Scudder —me explicó.

Lo que me dijo ahora fue que no había tenido llamadas. Subí las escaleras y recorrí el pasillo hasta mi cuarto. Comprobé si se veía luz por debajo de la puerta, y no era el caso, pero concluí que eso no probaba nada. Entonces busqué arañazos en la cerradura, y tampoco vi ninguno, pero concluí que eso tampoco probaba nada, porque estas cerraduras de hotel pueden forzarse con hilo dental. Entonces abrí la puerta y descubrí que no había nada en la habitación, aparte de los muebles, lo que no dejaba de resultar razonable; encendí la luz, cerré la puerta y extendí los brazos al frente, y vi cómo me temblaban los dedos.

Me preparé una copa bien cargada y me forcé a bebérmela. Durante un par de minutos el estómago pareció heredar los temblores de las manos y temí que el whisky no se quedara abajo, pero lo hizo. Apunté unas letras y números en un trozo de papel y lo guardé en mi cartera. Me desvestí y me metí debajo de la ducha para deshacerme de la capa de sudor que me recubría: sudor de la peor clase, compuesto a partes iguales de agotamiento y miedo animal.

Estaba acabando de secarme cuando sonó el teléfono. No quería cogerlo; sabía lo que iba a oír.

—Eso no ha sido más que un aviso, Scudder.

—Y una mierda. Ibas en serio. Lo que pasa es que no eres lo bastante bueno.

—Cuando lo intentamos, nunca fallamos.

Le dije que se fuera a tomar por culo, y le colgué. Volví a coger el teléfono a los pocos segundos para pedirle a Isaías que no me pasara ninguna llamada antes de las nueve de la mañana, y que me despertara a esa hora.

Y entonces me metí en la cama, para ver si conseguía dormir.

Dormí mejor de lo que había esperado. Solo me desperté dos veces durante la noche, y las dos veces fue a causa del mismo sueño, que le hubiera hecho saltar las lágrimas de aburrimiento a un psicoanalista. Era un sueño muy literal, sin un solo símbolo. Pura reconstrucción de los hechos, desde el momento en que salí del Armstrong hasta el momento en que el coche se me echó encima, excepto que en el sueño el conductor tenía la habilidad y los huevos necesarios para ir a por todas, y justo cuando me daba cuenta de que había llegado mi hora, me despertaba con los puños crispados y el corazón que casi se me salía del pecho.

Supongo que soñar de esa manera es un mecanismo de protección. El inconsciente se hace cargo de las cosas que no puedes manejar y juega con ellas mientras duermes, hasta que lima algunas de las peores aristas. No sé si me sirvieron de mucho esos sueños, pero cuando me desperté por tercera y definitiva vez, media hora antes de que llamara el servicio despertador, me sentía un poco mejor. Me pareció que tenía bastantes motivos para estar satisfecho. Alguien había tratado de matarme, y eso era lo que había estado intentando provocar todo el tiempo. Y ese alguien había fallado, y eso también era lo que yo quería.

Pensé en la llamada telefónica. No había sido el hombre de Marlboro. Estaba razonablemente seguro de eso. La voz que había oído era de alguien mayor, quizás en torno a mi edad, y en sus tonos había notado el sabor de las calles de Nueva York.

Así que parecía que había por lo menos dos personas metidas en el ajo. Eso no me indicaba gran cosa, pero era un hecho más a tener en cuenta, otro dato que archivar y olvidar. ¿Había más de una persona en el automóvil? Intenté recordar lo que había entrevisto en el breve instante mientras el coche se me venía encima. No había podido ver demasiado, pues los faros me daban de lleno en los ojos. Y cuando pude volver a mirar al coche a la fuga, ya se había distanciado bastante de mí y se alejaba muy deprisa. Y yo estaba más concentrado en distinguir la matrícula que en contar cabezas en el interior.

Bajé a desayunar, pero no conseguí tomarme más que un café y un trozo de tostada. Saqué un paquete de cigarrillos de la máquina y me fumé tres seguidos con el café. Eran los primeros que fumaba en casi dos meses, y no habría conseguido un subidón mejor ni aun metiéndomelos en vena. Me marearon, pero de una forma agradable. Cuando acabé el tercero, dejé el paquete encima de la mesa y salí a la calle.

Me acerqué hasta el cuartel general de la policía en Centre Street y subí hasta la sala de la brigada móvil. Un chaval de mejillas sonrosadas que parecía recién salido de la Academia de Policía me preguntó en qué podía ayudarme. Había media docena de polis en la habitación, y no conocía a ninguno. Pregunté si andaba por allí Ray Landauer.

—Se retiró hace unos meses —dijo, y dirigiéndose a uno de los otros—: Oye, Jerry, ¿cuándo se retiró Ray?

—Debió de ser en octubre.

Se volvió hacia mí.

—Ray se jubiló en octubre —dijo—. ¿En qué puedo ayudarlo?

—Es un asunto personal —respondí.

—Puedo buscarle su dirección si me da un minuto.

Le dije que no tenía importancia. Me sorprendió que Ray hubiese tirado la toalla. No parecía lo bastante viejo para retirarse. Claro que era mayor que yo, ahora que lo pensaba, y yo había estado quince años en el cuerpo y llevaba ya más de cinco fuera de él, así que eso significaba que yo también había llegado a la edad de la jubilación.

A lo mejor el chaval me habría dejado echarle un vistazo a la relación de vehículos robados, pero hubiese tenido que decirle quién era yo, y pasar por mucha explicación que no sería necesaria con alguien conocido. Así que salí del edificio y me fui andando hacia el metro. Cuando un taxi libre pasó a mi altura, cambié de idea y lo paré. Le dije al taxista que me llevara a la comisaría del Distrito Sexto.

No sabía dónde estaba. Hace unos pocos años, si uno quería ser taxista tenía que ser capaz de decir cuál era el hospital, la comisaría o el cuartel de bomberos más próximo desde cualquier punto de la ciudad. No sé cuándo suprimieron esa prueba, pero hoy en día lo único que te piden es que estés vivo.

Le expliqué que estaba en la calle Diez Oeste, y consiguió llegar sin demasiadas dificultades. Encontré a Eddie Koehler en su despacho. Estaba leyendo algo en el *News*, y no parecía muy feliz.

—Puto fiscal especial —me dijo—. ¿Qué consigue un tipo así además de cabrear a la gente?

—Que salga su nombre un montón en los periódicos.

—Ya. ¿Crees que quiere ser gobernador?

Me acordé de Huysendahl.

—Todo el mundo quiere ser gobernador.

—Es la puta verdad. ¿Por qué crees que será?

—No soy la persona adecuada para decírtelo, Eddie. No sé por qué nadie quiere ser nada.

Sus tranquilos ojos me escrutaron.

—Venga ya, tú siempre quisiste ser policía.

—Desde que era un crío. Hasta donde me alcanza la memoria, nunca quise ser ninguna otra cosa.

—Yo era igual. Siempre quise llevar placa. Me pregunto por qué. A veces pienso que tendrá que ver con cómo nos criaron: el poli de la esquina, y todo el mundo lo respetaba. Y las películas que veíamos de niños. Los polis eran los buenos.

—No sé yo. Siempre mataban a Cagney al final.

—Sí, pero el hijoputa se lo merecía. Veías la peli y te entusiasmaba Cagney, pero querías que mordiera el polvo al final. ¿Cómo coño iba a poder salirse con la suya? Siéntate, Matt. No se te ve mucho últimamente. ¿Quieres un café?

Negué con la cabeza, pero me senté. Cogió un cigarro apagado del cenicero y le acercó una cerilla. Yo saqué dos billetes de diez y uno de cinco de mi cartera y los dejé encima de la mesa.

—¿Acabo de ganarme un sombrero?

—Lo harás en un minuto.

—Mientras el fiscal especial no se entere...

—No tienes nada de que preocuparte, ¿no?

—¿Cómo saberlo? Con un maníaco como ese, todo el mundo tiene algo de que preocuparse. —Dobló los billetes y se los guardó en el bolsillo de la camisa—. ¿Qué puedo hacer por ti?

Saqué el trozo de papel que había escrito antes de irme a la cama.

—Tengo parte de una matrícula —respondí.

—¿No conoces a nadie en la calle Veintiséis?

Ahí era donde tenía sus oficinas la gente de tráfico.

—Sí —dije—, pero es una matrícula de Nueva Jersey. Me figuro que se trata de un coche robado, y que estará incluido en las listas de robos denunciados. Las tres letras son «LKJ» o bien «LJK». Solo vi un fragmento de los tres números. Había un nueve y un cuatro, posiblemente un nueve y dos cuatros, pero ni siquiera estoy seguro del orden.

—Con eso tendría que bastar, si está en las listas. Con la grúa tan activa, a veces la gente no denuncia los robos. Se imaginan que el coche se lo ha llevado la grúa, y si no tienen los cincuenta pavos, ni se les ocurre ir al depósito, y al final resulta que el coche se lo han robado. A menudo, para entonces, el ladrón ya lo ha abandonado, y entonces sí se lo lleva la grúa, y el dueño acaba pagando el servicio de remolque, aunque no desde donde había dejado aparcado el coche. Espérame, voy por las listas.

Dejó el cigarro en el cenicero; se había vuelto a apagar para cuando regresó.

—Aquí tengo la lista de vehículos robados —dijo—. Dime las letras otra vez.

—LKJ o LJK.

—Ajá. ¿Tienes idea de la marca o modelo del coche?

—Kaiser-Frazer del cuarenta y nueve.

—¿Cómo?

—Un sedán oscuro de un modelo reciente. Es lo único que te puedo decir. Todos me parecen iguales.

—Ya. No hay nada en la lista principal. Vamos a ver los avisos de anoche. Vaya, vaya, LKJ nueve uno cuatro.

—Ese podría ser.

—Es un Impala de dos puertas del setenta y dos, verde oscuro.

—No conté las puertas, pero tiene que ser ese.

—Pertenece a una tal señora de William Raiken, de Upper Montclair. ¿Es amiga tuya?

—No creo. ¿Cuándo denunció el robo?

—A ver... A las dos de la mañana, pone aquí.

Había salido del Armstrong a eso de las doce y media, así que la señora Raiken no había echado de menos su coche de inmediato. Podrían haberlo devuelto a su sitio y nunca se habría enterado de que había desaparecido.

—¿De dónde venía, Eddie?

—De Upper Montclair, supongo.

—Quiero decir, ¿dónde estaba aparcado cuando se lo robaron?

—Oh. —Había cerrado la lista; volvió a abrirla por la última página—. En Broadway con la Ciento catorce. Oye, esto nos conduce a una pregunta interesante.

Sí que lo hacía, pero ¿cómo podía saberlo él? Le pregunté que cuál.

—¿Qué estaba haciendo la señora Raiken en Upper Broadway a las dos de la mañana? ¿Y lo sabía acaso el señor Raiken?

—Qué mente más calenturienta tienes.

—Debería ser fiscal especial. ¿Qué tiene que ver la señora Raiken con tu marido desaparecido?

Me quedé en blanco; luego recordé el caso que me había inventado para justificar mi interés por el cadáver de Spinner.

—Oh —dije—, nada. Acabé por decirle a su mujer que lo olvidara. Saqué un par de días de trabajo del caso.

94

—Ya. ¿Quién cogió el coche y qué hicieron con él anoche?

—Destruir propiedad pública.

—¿Cómo?

—Tiraron un parquímetro en la Novena Avenida, y luego salieron escopeteados.

—Y casualmente estabas tú ahí, y también casualmente te fijaste en el número de la matrícula, y, como es natural, te imaginaste que el coche era robado, pero quisiste comprobarlo porque eres un ciudadano responsable.

—Caliente, caliente.

—¡Chorradas! Siéntate, Matt. ¿En qué andas metido que yo deba saber?

—En nada.

—¿Qué tiene que ver un coche robado con Spinner Jablon?

—¿Spinner? Ah, el tipo que sacaron del río... No hay ninguna relación.

—Porque tú solo andabas buscando al marido de esa tía.

—Entonces me di cuenta de mi patinazo, pero esperé a ver si él había caído, como había sido el caso—. La otra vez que me lo contaste era su novia la que lo estaba buscando. Estás siendo un tanto tramposo conmigo, Matt.

No contesté nada. Cogió su cigarro del cenicero y lo estudió, luego se inclinó y lo tiró a la papelera. Se incorporó, me miró, apartó la vista y luego me volvió a mirar.

—¿Qué me estás ocultando?

—Nada que tengas que saber.

—¿Cómo te has visto envuelto en lo de Spinner Jablon?

—No tiene importancia.

—¿Y qué pasa con el coche ese?

—Tampoco tiene importancia. —Me enderecé—. A Spinner lo tiraron al East River, y el coche arrancó un parquímetro en la Novena Avenida entre las calles Cincuenta y siete y Cincuenta y ocho. Y el coche lo habían robado en la parte norte, así que ninguna de estas cosas ha tenido lugar en el Distrito Sexto. No hay nada que debas saber, Eddie.

—¿Quién mató a Spinner?

—No lo sé.

—¿De verdad?

—Por supuesto.

—¿Andas detrás de alguien?

—No exactamente.

—¡Joder, Matt!

No veía el momento de marcharme. No estaba ocultándole nada que tuviera derecho a saber, y en realidad no podía contarle, ni a él ni a nadie, lo que sabía. Pero estaba jugando la partida en solitario, y esquivando sus preguntas, y difícilmente podía esperar que se diera por satisfecho.

—¿Quién es tu cliente, Matt?

Mi cliente era Spinner, pero no vi ninguna ventaja en reconocerlo.

—No tengo ninguno —le dije.

—Entonces, ¿cuál es tu interés?

—Tampoco estoy seguro de tener uno.

—He oído decir que Spinner estaba forrado últimamente.

—La última vez que lo vi iba bien vestido.

—¿De veras?

—El traje que llevaba le había costado trescientos veinte dólares. Lo mencionó de pasada.

Se quedó mirándome a los ojos hasta que tuve que apartar la vista. En voz baja, me dijo:

—Matt, no te conviene que la gente intente pasarte por encima con el coche. No es saludable. ¿Estás seguro de que no me lo quieres contar todo?

—En cuanto llegue el momento, Eddie.

—¿Y estás seguro de que aún no ha llegado?

Me tomé mi tiempo para contestar. Recordé la sensación al

ver cómo se me echaba encima aquel coche, recordé qué había ocurrido en realidad, y recordé cómo lo había soñado después, con el conductor llevando el gran coche hasta la pared.

—Estoy seguro —contesté.

En el Lion Head me tomé una hamburguesa y un poco de café con bourbon. Me extrañaba un poco que hubiesen robado el coche tan lejos al norte. Podían haberse hecho con él mucho antes y haberlo aparcado en mi barrio, o el hombre de Marlboro podría haber hecho una llamada entre el momento en que me fui del Polly y el de llegar él al Armstrong. Todo ello significaba que había por lo menos dos personas metidas en esto, conclusión a la que ya había llegado a partir de la voz que había oído por teléfono. O podía haber...

No, no tenía ningún sentido. Eran demasiados los argumentos posibles que podía escribir, y ninguno me iba a servir, salvo para confundirme aún más.

Con un gesto, pedí otro café y otra copa, los mezclé, y me puse a trabajar en ello. El final de mi conversación con Eddie me molestaba. Sabía que había aprendido algo en ella, pero el problema era que no era consciente de que lo sabía. Algo había dicho que me había recordado alguna cosa muy remota, y no conseguía saber qué.

Pedí cambio de un dólar y me acerqué al teléfono público. La información de Nueva Jersey me facilitó el teléfono de William Raiken en Upper Montclair. Llamé, y le dije a la señora Raiken que era de la brigada de robos de vehículos; ella manifestó su sorpresa de que hubiésemos recuperado tan pronto su coche, y me preguntó si sabía si había sufrido algún daño.

—Me temo que aún no hemos recuperado su coche, señora Raiken —dije.

—Oh.

—Solo quería comprobar unos cuantos detalles. ¿Su coche estaba aparcado en Broadway con la calle Ciento catorce?

—Correcto. En la Ciento catorce, no en Broadway.

—Ya veo. Bien, nuestros informes señalan que informó usted del robo aproximadamente a las dos de la madrugada. ¿Lo hizo nada más darse cuenta de que había desaparecido el coche?

—Sí. Bueno, casi. Fui hasta donde había aparcado el coche y no estaba allí, por supuesto, y mi primer pensamiento fue que se lo había llevado la grúa. Estaba bien aparcado, pero a veces hay señales que una no ve, regulaciones distintas; pero, de todas maneras, la grúa no se lleva coches tan al norte de la ciudad, ¿no es así?

—No por encima de la calle Ochenta y seis.

—Eso tenía entendido, aunque siempre consigo encontrar dónde aparcar legalmente. Luego pensé que a lo mejor me había confundido y había dejado en realidad el coche en la Ciento trece, así que me acerqué hasta allí y lo comprobé, pero, por supuesto, tampoco estaba, así que llamé a mi marido para pedirle que me viniera a recoger, y él me dijo que notificara el robo, y eso hice. Puede que transcurrieran de quince a veinte minutos entre el momento en que eché de menos el coche y cuando llamé a la policía.

—Ya veo. —Me arrepentía de habérselo preguntado—. ¿Y cuándo aparcó usted el coche, señora Raiken?

—Déjeme ver... Tuve dos clases, un taller de relatos breves a las ocho y un curso de historia del Renacimiento a las diez, pero llegué con tiempo, así que supongo que debí de aparcar un poco después de las siete de la tarde. ¿Tiene importancia?

—Bueno, no va a ayudar a recuperar el vehículo, señora Raiken, pero intentamos acumular datos para precisar las horas en que es más probable que tengan lugar diversos delitos.

—Qué interesante —respondió ella—. ¿Y eso de qué sirve?

También me lo había preguntado yo siempre. Le dije que formaba parte de la visión de conjunto del crimen, que es lo que en general se me había dicho a mí cuando había hecho preguntas parecidas. Le di las gracias y le aseguré que probablemente su coche se recuperaría en breve, y ella me lo agradeció, nos dimos las buenas tardes y yo volví al bar.

Intenté determinar qué había sacado en claro de la conversación con ella y concluí que no había descubierto nada. Se me fue la cabeza, y me encontré pensando en qué habría podido estar haciendo la señora Raiken en el Upper West Side en mitad de la noche. No estaba con su marido, y debía de haber salido de su última clase alrededor de las once. Tal vez había estado tomándose unas cervezas en el West End, o en alguno de los otros bares que había cerca de la Universidad de Columbia. Unas cuantas cervezas, a lo mejor, lo que explicaría por qué había dado la vuelta a la manzana buscando su coche. No es que tuviera la menor importancia que hubiese trasegado cerveza suficiente para poner a flote un acorazado, porque la señora Raiken no tenía gran cosa que ver con Spinner Jablon ni con nadie más, y lo que tuviera o dejase de tener que ver con el señor Raiken era asunto de ellos, y desde luego no mío, y...

Columbia.

Columbia está en la calle Ciento dieciséis con Broadway, así que allí es donde habría ido a clase. Y alguien más estudiaba en Columbia, concretamente una licenciatura en Psicología, y planeaba dedicarse a cuidar de niños con deficiencias psíquicas.

Miré en el listín telefónico. No venía ninguna Prager, Stacy, porque las mujeres solteras saben evitar poner sus nombres de pila en la guía. Pero sí aparecía un Prager, S. en la calle Ciento doce Oeste, entre Broadway y Riverside.

Volví a mi mesa y me terminé el café. Dejé un billete en la barra. Al llegar a la puerta cambié de idea y volví a buscar Prager, S. en el listín, y apunté la dirección y el número de teléfono. Por si acaso la «S.» correspondía a Seymour o a cualquier otro nombre menos Stacy, eché una moneda de diez centavos en la ranura y marqué el número. Lo dejé sonar siete veces, colgué y recuperé mi moneda. Había otras dos monedas de diez más.

Hay días de suerte.

11

Para cuando salí del metro en Broadway con la calle Ciento diez, me sentía mucho menos impresionado por la coincidencia que había advertido. Si Prager había decidido matarme, en persona o mediante esbirros, no había ninguna razón en particular para que hubiese robado un coche a dos manzanas del apartamento de su hija. A primera vista, me había parecido que podía haber algo en ello, pero ya no estaba muy seguro de que fuese así.

Claro que si Stacy Prager tenía novio, y este resultase ser el hombre de Marlboro...

Me pareció que valía la pena probar. Localicé su edificio, una antigua vivienda de piedra arenisca de cinco pisos en la que ahora había cuatro apartamentos por planta. Llamé al timbre, pero no hubo respuesta. Apreté otros dos o tres timbres del último piso —es sorprendente lo a menudo que la gente te abre la puerta en estos casos—, pero no había nadie en casa, y la cerradura de la puerta del vestíbulo parecía muy sencilla. Usé una ganzúa, y ni con la misma llave habría podido abrirla más deprisa. Subí tres tramos de escaleras bastante empinadas y llamé a la puerta del apartamento 4-C. Esperé antes de volver a llamar, y luego abrí los dos cerrojos de su puerta y me instalé como si estuviera en casa.

Había una habitación bastante amplia con un sofá cama y unos cuantos muebles del Ejército de Salvación. Eché un vistazo en el armario y en la cómoda, y lo único que descubrí fue que si Stacy tenía novio, no vivía allí. No había ni rastro de una presencia masculina.

Registré muy superficialmente el piso, más que nada para hacerme una idea de la clase de persona que vivía en él. Había muchos libros, la mayoría de bolsillo y relacionados con algún que otro aspecto de la psicología. Había una pila de revistas: *New York* y *Psychology Today* e *Intellectual Digest*. En el botiquín no había nada más fuerte que aspirinas. Stacy tenía el apartamento limpio y ordenado, lo que a su vez daba la impresión de que su vida también lo era. Me sentí como un violador estando ahí en su piso, repasando los títulos de sus libros, hurgando entre la ropa en el armario. Me fui sintiendo cada vez más incómodo en ese papel, y mi fracaso al no encontrar nada que justificase mi presencia solo consiguió aumentar mi malestar. Salí de allí y cerré la puerta. Solo eché uno de los pestillos; el otro se cerraba con llave, y me imaginé que ella sencillamente pensaría que se le había olvidado echarlo al salir.

Podía haber encontrado una bonita foto enmarcada del hombre de Marlboro. Habría estado bien, pero sencillamente no fue así. Salí del edificio, di la vuelta a la esquina y me tomé una taza de café en un bar. Prager, Ethridge y Huysendahl: uno de los tres había matado a Spinner y había tratado de matarme a mí, y yo no estaba haciendo ningún progreso.

Supongamos que fuese Prager. Las cosas parecían formar un patrón, y aunque en realidad no encajaban del todo, uno se sentía más o menos a gusto con la secuencia. En primer lugar, Spinner tenía pillado a Prager por un caso de atropello con huida, y hasta ese momento habían recurrido dos veces a un coche. La carta de Spinner mencionaba que un coche se había subido a la acera para intentar tumbarlo, y uno desde luego lo había intentado conmigo la noche anterior. Y era el que más parecía estar sufriendo financieramente. Beverly Ethridge estaba intentando ganar tiempo, Theodore Huysendahl había aceptado mi precio, pero Prager había dicho que no sabía cómo podría reunir el dinero.

Así que supongamos que fuera él. En tal caso, acababa de intentar cometer un asesinato y no se había salido con la suya, por lo que probablemente estaría un poco nervioso. Si era él, era buen momento para darle un meneo. Y si no era él, me encontraría en mejor posición para descubrirlo si le hacía una visita. Pagué mi café, salí a la calle y paré un taxi.

La chica negra levantó la vista cuando entré en la oficina de Prager. No tardó más de un par de segundos en reconocerme, y sus oscuros ojos adoptaron una expresión cautelosa.

—Matthew Scudder —le dije.

—¿Desea ver al señor Prager?

—Así es.

—¿Estaba usted citado, señor Scudder?

—Creo que querrá verme, Shari.

Pareció sorprenderla que recordase su nombre. Se levantó de mala gana y salió de detrás de su mesa en forma de U.

—Le diré que está usted aquí —dijo.

—Por favor.

Se deslizó en el despacho de Prager cerrando la puerta rápidamente a su espalda. Me quedé sentado en el sofá de vinilo contemplando las marinas de la señora Prager. Decidí que los tripulantes del barco sí estaban vomitando por las bordas. No cabía duda.

Se abrió la puerta y Shari volvió a la sala de espera, cerrando de nuevo la puerta a su espalda.

—Lo verá a usted en cosa de cinco minutos —dijo.

—De acuerdo.

—Supongo que tendrá algún negocio importante que discutir con él.

—Bastante importante.

—Solo espero que las cosas mejoren. Ese pobre hombre no ha estado bien últimamente. Parece que cuanto más trabaja una persona, y más éxito tiene, más crece la presión que tiene que soportar.

—Supongo que ha estado sometido a mucha presión estos últimos tiempos.

—Ha estado en tensión —dijo, y sus ojos me desafiaban, como haciéndome responsable de las dificultades de Prager. Y no le faltaba razón.

—Tal vez pronto mejoren las cosas —señalé.

—Ojalá sea así, de verdad.

—Supongo que será un buen patrón.

—Una persona excelente. Siempre ha sido...

Pero no llegó a terminar la frase, porque justo entonces se oyó el petardeo de un camión al arrancar, salvo que los camiones suelen hacer ese ruido en la calle, no en la vigésimo segunda planta. En ese momento, ella estaba de pie detrás de su mesa, y se quedó allí paralizada un tiempo, con los ojos muy abiertos y la palma de la mano contra la boca. Mantuvo la pose el tiempo suficiente para que yo me levantase de mi silla y llegara antes que ella a la puerta.

La abrí de golpe, y ahí estaba Henry Prager, sentado a su mesa, y, por supuesto, no había sido el petardeo de un camión, sino una pistola. Una pistola pequeña, del calibre 22 o 25, a juzgar por su aspecto, pero cuando te metes el cañón en la boca y lo inclinas hacia arriba, hacia el cerebro, con una pistola pequeña tienes más que de sobra, en realidad.

Me quedé en el umbral, intentando cerrarle el paso a Shari, que me golpeaba nerviosa en la espalda. Aguanté así un rato, hasta que me pareció que ella tenía por lo menos tanto derecho como yo a verlo. Di un paso adelante y entré en el despacho, ella me siguió y vio lo que ya sabía que iba a ver.

Entonces empezó a gritar.

12

Si Shari no hubiese sabido mi nombre, tal vez me habría marchado. O tal vez no; el instinto del policía tarda en desaparecer, si es que llega a hacerlo alguna vez, y yo había pasado demasiados años despreciando a esos testigos reticentes que se desvanecen en las sombras para sentirme a gusto interpretando ese papel en persona. Tampoco hubiera estado bien escaquearse con una chica en ese estado.

Pero el impulso, desde luego, estaba ahí. Miré a Henry Prager, su cuerpo abatido sobre la mesa, los rasgos distorsionados por la muerte, y supe que estaba mirando a un hombre al que había matado yo. Su dedo había apretado el gatillo, pero era yo el que le había puesto la pistola en la mano al jugar demasiado bien la partida.

Yo no había pedido que su vida y la mía se entrecruzasen, ni había pretendido convertirme en un factor de su muerte, pero ahora su cadáver me hacía frente: tenía una mano estirada por encima de la mesa, como si me estuviese señalando.

Había sobornado para librar a su hija de una acusación de homicidio involuntario. Ese soborno lo había hecho caer presa del chantaje, que había provocado otro homicidio, esta vez voluntario. Y ese primer asesinato solo había servido para hincar más el anzuelo: seguían haciéndole chantaje, y siempre podrían detenerlo por el asesinato de Spinner.

Así que había intentado asesinar de nuevo, y había fallado. Y al día siguiente, yo me había presentado en su oficina, así que le había dicho a su secretaria que necesitaba cinco minutos, pero solo le habían hecho falta un par o tres.

Habría tenido la pistola a mano. Tal vez la hubiese revisado antes, ese mismo día, para asegurarse de que estaba cargada. Y tal vez, mientras yo aguardaba en la sala de espera, incluso hubiese acariciado la idea de recibirme con un balazo.

Pero una cosa es atropellar a un hombre por la noche en una calle oscura, o dejarlo inconsciente de un golpe y tirarlo al río, y otra muy distinta es dispararle en tu propia oficina, con tu secretaria a unos pasos. Tal vez hubiese ponderado todas estas cosas en su mente. Tal vez ya hubiese resuelto suicidarse. Ahora ya no podía preguntárselo, ¿y qué más daba? Su suicidio protegía a su hija, mientras que cometer un asesinato lo habría sacado todo a la luz. El suicidio le había permitido zafarse de un engranaje que lo estaba triturando.

Pensé algunas de esas cosas mientras estaba allí de pie, contemplando su cadáver, y otras durante las horas siguientes. No sé cuánto tiempo estuve mirándolo mientras Shari sollozaba contra mi hombro. No demasiado, supongo. Luego se impusieron los reflejos, y llevé a la muchacha a la sala de espera y la hice sentarse en el sofá. Agarré su teléfono y marqué el 911.

El equipo que acudió al aviso era de la comisaría del Distrito Diecisiete, en la calle Cincuenta y uno Este. Los dos detectives al mando eran Jim Heaney y un joven llamado Finch; no me enteré de su nombre de pila. Conocía algo a Jim, y eso hizo más fáciles las cosas, pero incluso aunque no los hubiera conocido no parecía que fuese a tener muchos problemas. Para empezar, todo apuntaba al suicidio, y la muchacha y yo podíamos confirmar que Prager estaba solo cuando se disparó el arma.

De todos modos, los chicos del laboratorio siguieron el protocolo, aunque sin gran entusiasmo. Sacaron muchas fotos e hicieron muchas marcas con tiza, etiquetaron y embolsaron la pistola, y por último metieron a Prager en una bolsa para cuerpos y lo sacaron de allí. Heaney y Finch le tomaron declaración a Shari primero para que pudiera marcharse a casa, y venirse abajo a su aire. Lo único que querían de ella en realidad era que les diera la información básica para que el juez de instrucción pudiera pronunciar un veredicto de suicidio, así que le hicieron unas cuantas preguntas y confirmaron que su jefe había estado últimamente deprimido y nervioso, que era evidente que la marcha del negocio lo preocupaba, que su estado de ánimo había sido raro y poco característico; desde un punto de vista mecánico, que lo había visto escasos minutos antes de que sonase el disparo, que ella y yo estábamos sentados en la sala de espera en ese momento, que habíamos entrado juntos y lo habíamos encontrado muerto en su silla.

Heaney le dijo que estaba bien. Que alguien ya se pasaría a verla por la mañana para tomarle una declaración formal, y que el detective Finch la acompañaría a casa en ese momento. Ella dijo que no hacía falta, que cogería un taxi, pero Finch insistió.

Heaney se quedó mirándolos salir.

—Cómo no iba Finch a acompañarla a casa —dijo—. ¡Con el culo que se gasta esa jovencita!

—No me he fijado.

—Te estás haciendo viejo. Finch sí se ha fijado. Le gustan las negras, sobre todo con ese tipo. Yo no echo canas al aire, pero tengo que reconocer que me lo paso en grande trabajando con Finch. Con que pille la mitad de cacho que cuenta, va a matarse a polvos. A decir verdad, ni siquiera creo que se lo invente. A las tías les gusta. —Encendió un pitillo y me ofreció el paquete. Pasé. Siguió hablando—. A esta chica, Shari, ¿qué te juegas a que se la cepilla?

—No será hoy, desde luego. Está muy afectada.

—Coño, es el mejor momento. No sé por qué demonios, pero es cuando más les apetece. Hay que decirle a una mujer que su marido ha muerto, y te toca darle la noticia, ¿se te ocurriría tirarle los tejos en un momento así? Con independencia de la pinta que tenga, ¿tú lo harías? Yo tampoco. Pues tendrías que oír las historias que cuenta ese hijo de puta. Hace un par de meses, un soldado se cayó de una viga, y a Finch le tocó darle la noticia a la viuda. Se lo cuenta, ella se viene abajo, él le da un abrazo para consolarla, la acaricia un poco, y antes de que pueda enterarse, ella le ha bajado la cremallera y se la está chupando.

—Eso, si te crees todo lo que cuenta Finch.

—Hombre, con que sea verdad la mitad de lo que cuenta, y creo que sí es sincero. Quiero decir, que también me lo cuenta cuando no le sale la jugada.

No me apetecía mucho seguir con esa conversación, pero tampoco quería que se me notara demasiado, así que tuve que aguantar unas cuantas historias más de la vida amorosa de Finch, y luego matamos algunos minutos pasando revista a amigos comunes. Eso podría haber durado más si nos hubiésemos conocido mejor. Por fin, cogió su portapapeles y se centró en Prager. Liquidamos las preguntas de cajón, y confirmé lo que Shari le había dicho.

Entonces me dijo:

—Solo para que quede constancia, ¿hay alguna posibilidad de que estuviese muerto antes de que llegaras? —Como me quedé callado, se explayó—. Es un disparate, pero es para que quede constancia. Imagina que lo hubiese matado ella, no me preguntes cómo ni por qué, y luego espera a que llegues tú o cualquier otro y finge que habla con él, y luego se sienta fuera contigo, y hace que se dispare un arma, no sé, con un hilo o algo, y entonces encontráis el cuerpo los dos al tiempo, y así ella tiene una coartada.

—Más te vale ver menos televisión, Jim. Te está afectando el cerebro.

—Bueno, podría haber ocurrido así.

—Ya. Lo oí hablarle a la chica cuando entró. Claro que, por supuesto, ella podría haber puesto una grabadora...

—Vale, no sigas.

—Si quieres considerar todas las posibilidades...

—Ya te dije que era un disparate. Cuando ves lo que hacen en *Misión imposible*, no puedes dejar de preguntarte por qué son tan estúpidos los criminales en la vida real. Pero qué demonios, también los ladrones ven la tele, y les puede dar alguna que otra idea. Pero tú lo oíste hablar, y podemos olvidarnos de las grabadoras, así que la cosa está zanjada.

En realidad, no había oído hablar a Prager, pero resultaba mucho más sencillo decir que sí. Heaney quería explorar otras posibilidades y lo único que yo quería era largarme de allí.

—¿Qué pintas tú en esto, Matt? ¿Trabajabas para él?

Negué con la cabeza.

—Estaba comprobando unas referencias.

—¿Comprobando a Prager?

—No. A alguien que lo mencionó a él como referencia, y mi cliente quería una verificación exhaustiva. Me entrevisté con Prager la semana pasada, y como estaba por el barrio me acerqué para aclarar un par de puntos.

—¿Quién es el sujeto de la investigación?

—¿Qué más da? Alguien que trabajó con él hace ocho o diez años. No tiene nada que ver con que se haya quitado la vida.

—Entonces no lo conocías en realidad, a este Prager.

—Lo había visto dos veces. Solo una, ahora que lo pienso, puesto que hoy no he llegado a verlo gran cosa. Y había hablado con él brevemente por teléfono.

—¿Tenía algún problema?

—Ya no. No puedo decirte gran cosa, Jim. No conocía al tipo, ni apenas sabía nada de su situación. Me pareció deprimido y nervioso. De hecho, me dio la impresión de que creía que todo el mundo estaba en su contra. Se mostró muy suspicaz la primera vez que lo vi, como si yo formase parte de algún plan para perjudicarlo.

—Paranoia.

—Algo así, sí.

—Ya, todo encaja. Problemas en los negocios, y la sensación de que todo se te está viniendo encima, y a lo mejor pensó que ibas a atosigarlo hoy, o igual había llegado a un punto, vete a saber, en que estaba al límite y no soportaba ver a una sola persona más. Así que saca la pistola del cajón y tiene una bala en el cerebro antes de haber tenido tiempo de pensárselo. Ojalá retiraran esas pistolas del mercado. Las traen en camión de las Carolinas por toneladas. ¿Qué te juegas a que la pistola está sin registrar?

—Nada.

—Probablemente pensó al comprarla que la usaría para protegerse. Una de esas pistolitas españolas de nada,* podrías pegarle seis tiros con ella en el pecho a un atracador y no detenerlo, y para lo único que vale es para volarse la tapa de los sesos. Hará cosa de un año me tocó el caso de un tío al que no le sirvió ni para eso. Decide matarse y le salió el trabajo a medias, y ahora el tío es un vegetal. Ahora que sí que tendría que matarse, para la vida que le ha quedado, ni siquiera puede mover las manos. —Encendió otro cigarrillo—. ¿Quieres pasarte mañana para dictar tu deposición?

Le dije que haría algo incluso mejor. Usé la máquina de escribir de Shari y escribí una breve declaración con todos los hechos, por orden y en su sitio. Se la leyó y asintió.

—Veo que conoces la rutina —dijo—, así nos ahorramos todos tiempo.

Firmé lo que había mecanografiado y él lo adjuntó a los documentos de su portapapeles. Los hojeó y comentó:

---

* El autor se refiere probablemente a una pistola Star semiautomática, fabricadas en Éibar por Echeverría, S. A., y muy populares en su día en Estados Unidos. (*N. del t.*)

—¿Dónde vive su mujer? Ah, en Westchester. Gracias a Dios. Llamaré a los compañeros de ahí arriba y les dejaré a ellos la diversión de comunicarle que su marido ha muerto.

Me mordí la lengua justo antes de brindarle la información de que Prager tenía una hija en Manhattan. No era algo que yo pudiera saber. Nos dimos la mano, y dijo que le gustaría que volviera Finch de una vez.

—Ese cabrón ha vuelto a marcar —dijo—. Lo veía claro. Mientras no se quede a repetir... Las negras le gustan de veras.

—Seguro que te lo contará todo.

—Siempre lo hace.

13

Me fui a un bar, pero solo me entretuve el tiempo que tardé en echarme al coleto dos whiskys dobles, uno detrás de otro. Intervino el factor tiempo: los bares están abiertos hasta las cuatro de la madrugada, mientras que la mayoría de las iglesias cierran a las seis o a las siete de la tarde. Caminé hasta Lexington Avenue y di con una iglesia en la que no recordaba haber estado nunca antes. No me fijé en su nombre. Nuestra Señora del Perpetuo Bingo, probablemente. Estaban celebrando algún tipo de oficio, pero no le presté la menor atención. Encendí unas cuantas velas y metí un par de dólares en el cepillo; después me senté en un banco en la parte de atrás y repetí en silencio tres nombres una y otra vez. Jacob Jablon, Henry Prager, Estrellita Rivera: tres nombres, tres velas para tres cadáveres.

Después de haber matado de un tiro a Estrellita Rivera, durante los peores momentos fui incapaz de dejar de repasar una y otra vez en mi mente lo que había ocurrido aquella noche. Intentaba retroceder en el tiempo y cambiar el final, igual que un proyeccionista gracioso invertía la película y hacía que la bala volviese a entrar en el cañón de la pistola. En la nueva versión que yo intentaba sobreponer a la realidad, todos mis disparos daban en el blanco. No rebotaba ninguna bala, o si lo hacía se perdía en el vacío sin herir a nadie, o Estrellita se pasaba un minuto más comprando caramelos de menta en la tienda de dulces, y así no estaba en el lugar equivocado en el momento equivocado, o...

Había un poema que había leído en el instituto, y que me atormentaba desde algún recoveco de la memoria, hasta que un día me fui a la biblioteca y lo busqué. Era una cuarteta de Omar Khayyam:

> El dedo móvil escribe, y habiendo escrito
> sigue adelante. Ni toda tu piedad ni tu ingenio
> harán que vuelva para tachar media línea
> ni tus lágrimas borrarán una sola palabra.

Me había esforzado mucho en sentirme culpable de la muerte de Estrellita Rivera, pero de algún modo no encajaba. Había estado bebiendo, desde luego, pero no mucho, y mi puntería en general resultó irreprochable esa noche. Y era lo propio que yo les disparase a los ladrones. Iban armados y huían después de haber cometido ya un asesinato, y no había civiles en la línea de fuego. Rebotó una bala. Esas cosas pasan.

Una de las razones por las que dejé el cuerpo de policía fue porque esas cosas pasan, y no quería encontrarme en la situación de hacer cosas malas por buenos motivos. Porque había decidido que, aunque puede ser verdad que el fin no justifica los medios, tampoco los medios justifican el fin.

Y ahora había empujado de forma deliberada a Henry Prager a matarse.

No lo había visto así, desde luego. Pero no me parecía que hubiese mucha diferencia. Había empezado por presionarlo para que intentase cometer un segundo asesinato, algo que de otro modo nunca habría hecho. Había matado a Spinner, pero si yo simplemente hubiese destruido su sobre, habría logrado que Prager no tuviera necesidad de volver a matar. Pero yo le había dado razones para intentarlo, lo había hecho y había fallado, y entonces se había encontrado arrinconado y había optado, por un impulso o de forma deliberada, por quitarse la vida.

Yo podía haber destruido ese sobre. No tenía ningún contrato con Spinner. Solo había aceptado abrir el sobre si dejaba de saber de él. Podría haber regalado los tres mil dólares en su totalidad, en lugar de una décima parte. Necesitaba el dinero, pero no tanto.

Pero Spinner se la había jugado a una sola carta, y había salido ganador. Lo había explicado negro sobre blanco: «Hay un motivo por el que sé que te portarás, una cosa que noté en ti hace mucho tiempo, y es que tú piensas que hay una diferencia entre el asesinato y los demás crímenes. Yo también lo creo. Toda mi vida he hecho cosas malas pero nunca he matado a nadie, y nunca lo haría. Cuando he conocido a gente de la que he sabido a ciencia cierta o por rumores que habían matado, nunca he querido nada con ellos. Es mi forma de ser y creo que tú también eres así...».

Podría no haber hecho nada, y entonces Henry Prager no habría acabado en una bolsa camino de la morgue. Pero hay una diferencia entre el asesinato y otros delitos, y el mundo es peor lugar si permitimos que los asesinos queden impunes, como habría pasado con Henry Prager si yo no hubiese hecho nada.

Aunque debería haber existido otra forma. Igual que la bala no tendría que haber rebotado para darle a una niñita en el ojo. Pero intenta explicárselo al dedo móvil.

Aún seguía la misa cuando salí. Caminé un par de manzanas, sin prestar mucha atención a dónde estaba, y luego me metí en un Blarney Stone y comulgué.

La noche fue larga.

El bourbon se empeñó en no hacer su trabajo. Me moví mucho, porque en cada bar al que entraba había una persona cuya presencia me ponía de los nervios. No dejaba de verlo en el espejo y me acompañaba a donde quiera que fuese. El ejercicio y la tensión nerviosa probablemente dieron cuenta del alcohol antes de que tuviese la posibilidad de hacerme efecto, y el tiempo que pasé yendo de un sitio a otro lo habría aprovechado mejor de haberme quedado sentado bebiendo en un solo sitio.

El tipo de bares que escogí también tuvo algo que ver con que me mantuviera relativamente sobrio. Normalmente bebo en locales oscuros y tranquilos donde una copa de whisky tiene unos sesenta mililitros, noventa si me conocen. Esa noche me dediqué a bares de las cadenas Blarney Stone y White Rose. Los precios eran considerablemente más bajos, pero los vasos de whisky eran más pequeños, y si pagabas treinta mililitros, eso era lo que te ponían, y aun así solían llevar una tercera parte de agua.

En un bar en Broadway tenían puesto el partido de baloncesto. Miré el último cuarto en una gran televisión en color. Los Knicks iban un punto por debajo al empezar el cuarto, y acabaron perdiendo por doce o trece. Era el cuarto partido que ganaban los Celtics.

El tipo a mi lado en la barra me dijo:

—Encima, el año que viene se les marchan Lucas y DeBusschere, y Reed va a seguir teniendo las rodillas hechas una mierda, y Clyde no puede hacerlo todo solo, así que ¿qué cojones vamos a hacer?

Asentí. Lo que había dicho me pareció sensato.

—Incluso al final del tercer cuarto, después de ir empatados durante los tres primeros cuartos, y con Cowens y el otro fulano con cinco faltas, no son capaces de encestar. Quiero decir que ni siquiera lo intentan, joder, ¿sabe?

—Debe de ser por mi culpa —dije.

—¿Cómo?

—Han empezado a venirse abajo en cuanto me he puesto a mirar el partido. Debe de ser culpa mía.

Me miró de arriba abajo, y dio un paso atrás.

—Tranquilo, hombre. No pretendía molestar.

Pero me había malinterpretado. Lo había dicho completamente en serio.

Acabé en el Armstrong, donde sirven las copas como Dios manda, pero para entonces se me habían pasado las ganas. Me senté en un rincón con una taza de café. Era una noche muy tranquila, y Trina tuvo tiempo de venir a mi mesa.

—He estado ojo avizor —me dijo—, pero no se le ha visto el pelo.

—¿A quién?

—Al vaquero. Era mi forma ingeniosa de decirte que no ha venido esta noche. ¿No se suponía que tenía que mantenerme vigilante, como un buen agente juvenil?

—Ah, el hombre de Marlboro. A mí sí me ha parecido verlo esta noche.

—¿Aquí?

—No, antes. Llevo toda la noche viendo sombras.

—¿Pasa algo?

—Sí.

—Oye. —Puso una de sus manos encima de la mía—. ¿Qué te ocurre, cariño?

—Me crece la lista de gente a la que tengo que ponerle velas.

—No te entiendo. No estarás borracho, ¿no, Matt?

—No, pero no será por no haberlo intentado. He tenido días mejores. —Tomé un sorbo de café y dejé la taza sobre el mantel de cuadros. Saqué el dólar de plata de Spinner; quiero decir, mi dólar, el que había comprado, y lo hice girar—. Alguien intentó matarme anoche.

—¡Jesús! ¿Por aquí?

—Unos cuantos números más abajo.

—No me extraña que estés así...

—No, no es por eso. Esta tarde he igualado el tanteo. He matado a un hombre. —Pensé que retiraría su mano de la mía, pero no lo hizo—. No lo maté yo exactamente. Se metió una pistola en la boca y apretó el gatillo. Una pistolita española, las traen a toneladas en camión desde las Carolinas.

—¿Por qué dices que lo mataste tú?

—Porque lo metí en un cuarto, y su única salida era la pistola. Lo arrinconé.

Trina le echó un vistazo a su reloj.

—A tomar por saco —dijo—; para variar, me voy a ir temprano. Si Jimmie quiere descontarme media hora, que le vayan dando mucho.

Se llevó las dos manos a la nuca para desatarse el delantal. El gesto realzó la curva de sus pechos.

—¿Quieres acompañarme a casa, Matt?

Nos habíamos usado unas cuantas veces el uno al otro a lo largo de los últimos meses para ahuyentar la soledad. Nos gustábamos en la cama y fuera de ella, y los dos teníamos la seguridad vital de saber que eso nunca nos podría llevar a nada.

—¿Matt?

—Me temo que no te serviría de mucho esta noche, muchacha.

—Podrías impedir que me atracaran de camino a casa.

—Ya sabes a qué me refiero.

—Sí, señor detective, pero tú también sabes a qué me refiero yo. —Me acarició la mejilla con el índice—. De todas formas, no te dejaría acercarte a mí esta noche, necesitas un afeitado. —Sonrió y se le suavizó el rostro—. Te estoy ofreciendo un poco de café y compañía —dijo—, me parece que te vendrían bien.

—A lo mejor sí.

—Solo café y compañía, de los de siempre.

—Vale.

—No té y simpatía, nada de eso.

—Solo café y compañía.

—Ajá. Ahora dime que es la mejor oferta que te han hecho hoy.

—Sí que lo es —dije—, pero eso tampoco es decir mucho.

Hacía buen café, y se las arregló para encontrar una botella de Harper para acompañarlo. Para cuando acabé de hablar, la botella había pasado de estar casi llena a prácticamente vacía.

Se lo conté casi todo. Solo omití los detalles que le podrían permitir identificar a Ethridge o a Huysendahl, y tampoco le dije cuál era el sórdido secretillo de Henry Prager. No mencioné su nombre, aunque seguramente lo averiguaría por sus medios si se molestaba en leer los periódicos de la mañana.

Cuando hube terminado, se quedó sentada unos cuantos minutos con la cabeza inclinada hacia un lado, los ojos entrecerrados, el humo de su cigarrillo subiendo perezosamente hacia el techo. Al final, me dijo que no veía cómo podía haber hecho yo las cosas de otra manera.

—Porque suponte que hubieses conseguido hacerle saber que no eras un chantajista, Matt. Suponte que hubieses logrado reunir más pruebas y luego lo hubieses ido a ver. Lo habrías desenmascarado, ¿no?

—De una forma o de otra.

—Se mató porque temía verse descubierto, y eso pasó mientras creía que eras un chantajista. Si hubiese sabido que ibas a entregarlo a la policía, ¿acaso no habría hecho lo mismo?

—Puede que no hubiese tenido la oportunidad.

—Bueno, igual ha sido mejor para él tener esa oportunidad. Nadie lo obligó a hacerlo, fue decisión suya.

Lo pensé un poco.

—Algo sigue fallando.

—¿Qué?

—Exactamente no lo sé. Algo no encaja como debiera.

—Lo que pasa es que necesitas tener algo que te permita sentirte culpable. —Supongo que la frase dio lo bastante cerca del blanco para que se me notase en la cara, porque la vi palidecer—. Lo siento —dijo—, Matt, lo siento mucho.

—¿Por qué?

—Solo intentaba, ya sabes, ser graciosa.

—Bromeando, bromeando, amargas verdades, etcétera. —Me levanté—. Las cosas pintarán mejor por la mañana. Suele pasar.

—No te vayas.

—He disfrutado del café y de la compañía, gracias por las dos cosas. Ahora será mejor que me vaya a casa.

Trina hizo que no con la cabeza.

—Quédate.

—Ya te dije antes, Trina, que...

—Lo sé. Yo tampoco quiero follar en particular, la verdad. Pero no quiero dormir sola.

—No sé si voy a poder dormir.

—Entonces abrázame hasta que yo me duerma. Por favor, cariño.

Nos fuimos juntos a la cama y nos abrazamos. A lo mejor el bourbon acabó por hacerme efecto, o a lo mejor estaba más exhausto de lo que creía, pero me quedé dormido así, abrazándola.

14

Me desperté con dolor de cabeza y mal sabor de boca. Una nota en la almohada de Trina me aconsejaba que me preparara algo para desayunar. El único desayuno que conseguí descubrir fue la botella de Harper, así que eché mano de ella. Junto con un par de aspirinas de su botiquín y una taza de café mediocre de la pastelería de abajo, se mitigó un tanto mi estado de ánimo.

Hacía un buen día y el aire estaba menos contaminado que de costumbre; de hecho, se podía ver el cielo. Me dirigí de vuelta a mi hotel y compré el periódico de camino. Era casi mediodía. No suelo dormir tanto.

Tendría que llamar a Beverly Ethridge y a Theodore Huysendahl. Tendría que comunicarles que quedaban libres, que en realidad nunca los había tenido enganchados. Me pregunté cuál sería su reacción. Probablemente una mezcla de alivio y algo de indignación por haber sido engañados. Bueno, ese sería problema de ellos. Yo ya tenía suficiente con los míos.

Tendría que ir a verlos en persona, obviamente. No podía hacerlo por teléfono. No me apetecía nada, pero lo que sí me apetecía era olvidar el asunto. Dos llamadas telefónicas cortas y dos breves reuniones, y nunca más tendría que volver a verlos, a ninguno de los dos.

Me pasé por recepción. No tenía correo, pero sí un recado telefónico. Me había llamado la señorita Stacy Prager. Me había dejado un número al que debía llamarla lo antes posible. Era el número que había marcado en el Lion Head.

En mi habitación hojeé el *Times*. Prager aparecía en la sección de necrológicas con un artículo a dos columnas. Era un obituario normal, con la mención de que había muerto a consecuencia de un disparo aparentemente autoinfligido. Aparentemente, desde luego. A mí no se me mencionaba en el artículo. Pensé que era así como su hija podría haberse enterado de mi nombre. Luego volví a mirar la nota del aviso telefónico. Había llamado alrededor de las nueve de la noche anterior, y la primera edición del *Times* no sale a las calles antes de las once o las doce.

Eso significaba que se había enterado de mi nombre por la policía. O que lo había oído antes, de labios de su padre.

Cogí el teléfono, pero lo volví a colgar. No me apetecía demasiado hablar con Stacy Prager. No se me ocurría nada que pudiera querer oír de ella, y sabía que yo no tenía nada que decirle. El hecho de que su padre era un asesino no era algo que fuera a saber por mí, ni por nadie más. Spinner Jablon había conseguido la venganza por la que me había pagado. Así que, por lo que se refería al resto del mundo, su expediente podía quedarse en el archivo de casos abiertos para siempre. A la policía no le importaba quién se lo había cargado, y yo no me sentía obligado a comunicárselo.

Volví a coger el teléfono y llamé a Beverly Ethridge. Comunicaba, así que interrumpí la conexión y probé con la oficina de Huysendahl. Había salido a comer. Esperé unos minutos y volví a llamar a la señora Ethridge; seguía comunicando. Me tumbé en la cama y cerré los ojos. Entonces sonó el teléfono.

—¿Señor Scudder? Me llamo Stacy Prager. —Era una voz joven y seria—. Siento no haber estado en casa. Después de llamarlo a usted anoche, acabé cogiendo un tren para estar con mi madre.

—Me han dado su recado hace apenas unos minutos.

—Comprendo. Bueno, ¿sería posible que nos viéramos? Estoy

en la estación Grand Central. Podría acercarme a su hotel o quedar con usted donde le parezca.

—No sé muy bien en qué puedo ayudarla.

Se produjo un silencio. Luego dijo:

—Igual no puede. No lo sé. Pero fue usted la última persona que vio a mi padre con vida, y yo...

—Ni siquiera llegué a verlo ayer, señorita Prager. Estaba esperando para verlo cuando ocurrió todo.

—Sí, es cierto. Pero la cuestión es que... Escuche, realmente me gustaría verlo, si no le importa.

—Si hay algo que pueda aclararle por teléfono...

—¿No podríamos vernos?

Le pregunté si sabía dónde estaba mi hotel. Me dijo que sí, y que llegaría en diez o veinte minutos y me avisaría desde el vestíbulo. Colgué y me pregunté cómo habría podido dar conmigo. No aparezco en la guía telefónica. Y me pregunté también si sabría lo de Spinner Jablon, y si sabría de mí. Si el hombre de Marlboro era su novio, y si había formado parte del plan...

De ser así, resultaba lógico pensar que me haría responsable de la muerte de su padre. Ni siquiera podía rebatir el argumento: yo mismo me sentía responsable. Pero lo que no podía creer en el fondo era que llevase una pistolita en el bolso. Me había burlado de Heaney por ver demasiado la televisión. Aunque la verdad es que yo no la veo mucho.

Tardó quince minutos, y en el ínterin intenté otra vez hablar con Beverly Ethridge, que seguía comunicando. Entonces llamó Stacy desde el vestíbulo y bajé a verla.

Tenía el pelo largo y oscuro, liso y con raya en medio. Era una chica delgada, de cara larga y estrecha y ojos oscuros y profundísimos. Llevaba unos vaqueros azules limpios y de buen corte y un cárdigan de color verde lima sobre una sencilla blusa blanca. Su bolso lo habían hecho cortando las perneras de otro vaquero. Concluí que era extremadamente improbable que contuviese una pistola.

Confirmamos que yo era Matthew Scudder y ella Stacy Prager. Le propuse un café y cruzamos enfrente al Red Flame, donde nos sentamos en un reservado. Cuando nos hubieron servido el café, le dije lo mucho que sentía lo de su padre, pero que seguía sin comprender para qué quería verme.

—No sé por qué se mató —me dijo.

—Yo tampoco.

—¿No lo sabe usted?

Sus ojos escrutaron mi cara. Intenté imaginármela cómo había sido hacía unos pocos años, fumando hierba y tomando pastillas, atropellando a un niño y perdiendo los estribos hasta el punto de salir huyendo de lo que había hecho. Esa imagen no llegaba a conectar con la chica que tenía sentada frente a mí del otro lado de la mesa de formica. Ahora parecía despierta y responsable, afligida por la muerte de su padre, pero lo suficientemente fuerte para superarlo.

—Usted es detective —dijo.

—Más o menos.

—¿Y eso qué significa?

—Que hago algunos trabajos privados de forma independiente. Pero ninguno tan interesante como pueda parecer.

—¿Y estaba usted trabajando para mi padre?

Negué con la cabeza.

—Lo había visto una vez la semana pasada —dije, y le repetí la historia que le había contado a Jim Heaney—. Así que, en realidad, me temo que no conocía a su padre en absoluto.

—Es muy extraño —me dijo.

Dio vueltas al café, le añadió más azúcar y lo volvió a remover. Dio un sorbo y le pregunté por qué le parecía extraño.

—Vi a mi padre anteanoche —contestó—. Me estaba esperando en mi apartamento cuando volví después de las clases. Me invitó a cenar. Lo suele hacer, lo solía hacer, una o dos veces a la semana. Pero normalmente me llamaba antes para quedar. Me dijo que había obrado por impulso y se arriesgó a que yo volviera a casa directamente.

—Entiendo.

—Estaba muy alterado. No sé si es la palabra adecuada. Estaba muy nervioso, lo preocupaba algo. Siempre fue un hombre inestable, muy exuberante cuando las cosas iban bien, muy deprimido cuando iban mal. Cuando empecé a adentrarme en la psicopatología y estudié el síndrome maníaco-depresivo, me recordó tremendamente a mi padre. No quiero decir que estuviese loco, en ninguno de los sentidos de la palabra, pero sí que tenía los mismos cambios de estado de ánimo. No interferían con su vida, solo era que tenía ese tipo de personalidad.

—¿Y estaba deprimido anteanoche?

—Era más que depresión. Era una combinación de depresión y el tipo de hiperactividad nerviosa que dan las anfetaminas. Hubiera pensado que había tomado anfetas si no supiese lo que piensa de las drogas. Pasé por una época de consumo de drogas hace unos años, y me dejó bastante claro lo que pensaba, así que sinceramente no creo que estuviese tomando nada.

Bebió más café. No, no había pistola en su bolso. Era una muchacha muy abierta. Si hubiese llevado una pistola, la habría usado de inmediato.

—Cenamos en un restaurante chino del barrio —dijo—. En el Upper West Side, ahí es donde vivo. Apenas tocó la comida. Yo tenía mucha hambre, pero notaba sus vibraciones y acabé por no comer gran cosa yo tampoco. Su conversación saltaba de una cosa a otra todo el rato. Estaba muy preocupado por mí. Me preguntó varias veces si seguía tomando drogas. No lo hago, y así se lo dije. Me preguntó por mis clases, si estaba contenta con mis estudios y si pensaba que había dado con la vía adecuada para ganarme la vida. Me preguntó si tenía alguna relación sentimental, y le dije que no, que nada serio. Y entonces me preguntó si lo conocía a usted.

—¿Eso hizo?

—Sí. Le dije que el único Scudder que conocía era el puente de Scudder Falls. Me preguntó si alguna vez había ido a su hotel (mencionó el nombre del hotel y me preguntó si había estado en él), y le dije que no. Entonces me explicó que usted vivía ahí. La verdad es que no entendí adónde quería ir a parar.

—Yo tampoco.

—Me preguntó si alguna vez había visto a un hombre darle vueltas a un dólar de plata. Cogió una moneda de veinticinco centavos y la hizo girar sobre la mesa y me preguntó si alguna vez había visto a un hombre hacer lo mismo con un dólar de plata. Le dije que no, y le pregunté si se encontraba bien. Me respondió que estaba estupendamente, y que era muy importante que no me preocupara por él. Dijo que si algo le ocurriera a él, que yo estaría bien y no debería preocuparme.

—Con lo que la dejó más preocupada que nunca.

—Por supuesto. Tuve miedo... Tuve miedo de todo tipo de cosas, hasta me asustaba pensar en ellas. Pensé, por ejemplo, que podía haber ido al médico y descubierto que estaba enfermo. Pero llamé al doctor al que suele ir, eso lo hice anoche, y me dijo que no había vuelto a su consulta desde su último chequeo anual, el pasado mes de noviembre, y que estaba bien de salud, salvo una ligera hipertensión arterial. Por supuesto, podía haber acudido a otro médico, no hay forma de saberlo a menos que aparezca algo en la autopsia. ¿Se efectúa una autopsia en casos como este, señor Scudder?

Me quedé mirándola.

—Cuando me avisaron, cuando me enteré de que se había suicidado, no me sorprendió.

—¿Lo esperaba?

—No de forma consciente. En realidad, no lo esperaba, pero cuando me enteré, todo pareció encajar. De una forma u otra, supongo que supe que había intentado decirme que iba a morir, que estaba tratando de no dejar cabos sueltos antes de irse. Pero no sé por qué lo hizo. Y luego me enteré de que usted estaba allí cuando lo hizo, y me acordé de que me había preguntado por usted, si lo conocía, así que me pregunté cómo encajaba usted en todo esto. Pensé que a lo mejor tenía algún problema y que usted estaba investigándolo para él, porque la policía me dijo que era usted detective, y me pregunté... Es que no consigo entender de qué iba todo.

—No consigo imaginar por qué mencionaría mi nombre.

—¿De verdad no estaba usted trabajando para él?

—No, y tampoco tuve mucho trato con él, fue solo una cuestión superficial de comprobar las referencias laborales de otra persona.

—Entonces no tiene ningún sentido.

Reflexioné en voz alta.

—Hablamos un rato la semana pasada —dije—. Supongo que es posible que algo de lo que dije lo impresionase particularmente. No puedo imaginarme qué sería, porque tuvimos una de esas conversaciones divagantes, y puede que a él le llamara la atención algo sin que yo me diera cuenta.

—Supongo que esa tiene que ser la explicación.

—No se me ocurre ninguna otra cosa.

—Y entonces, fuera lo que fuese, se le quedó en mente. Así que mencionó su nombre porque no se atrevía a mencionar lo que usted le había dicho, o lo que significaba para él. Y cuando su secretaria le dijo que estaba usted allí, de alguna forma eso debió de disparar algo en su mente. «Disparar». Qué interesante palabra he escogido, ¿verdad?

No cabía dudarlo. Cuando la chica anunció mi presencia, algo se disparó.

—No consigo encontrarle el menor sentido a lo del dólar de plata. A menos que se refiriese a la canción: «Puedes hacer girar un dólar de plata en el suelo del bar, y rodará porque es redondo».*

---

* Alude a la canción popular «A Man Without A Woman (Silver Dollar)», grabada por primera vez hacia 1908, y de la que existen numerosas versiones. (*N. del t.*)

¿Cómo sigue? Algo acerca de que una mujer nunca sabe lo bueno que es su hombre hasta que lo pierde, o algo así. Tal vez quiso decir que estaba perdiéndolo todo, no lo sé. Supongo que no tenía la mente muy clara al final.

—Debía de estar sometido a una tensión tremenda.

—Supongo que sí. —Apartó la mirada de mí un momento—. ¿Le habló de mí alguna vez?

—No.

—¿Está seguro?

Fingí que me concentraba, y después dije que estaba seguro.

—Solo espero que se diese cuenta de que me va todo bien ahora. Eso es todo. Si tenía que morir, si él pensaba que tenía que morir, espero que por lo menos supiese que estoy bien.

—Estoy seguro de que lo sabía.

Había estado pasando por mucho desde que la llamaron para avisarla. Desde antes incluso: desde la cena en el restaurante chino. Y seguía pasando por mucho en ese momento. Pero no iba a llorar. No era una llorona. Era una muchacha fuerte. Si su padre hubiese tenido la mitad de fuerza que ella, no habría tenido que matarse. Le habría dicho de entrada a Spinner que se fuese a tomar por culo, y no habría pagado dinero de chantaje, no habría matado una vez, y no habría tenido que intentar matar una segunda vez. Ella era más fuerte que él. No sé cuánto puede uno enorgullecerse de esa clase de fortaleza. O se tiene o no.

—¿Así que esa fue la última vez que lo vio —le dije—, en el restaurante chino?

—Bueno, me acompañó andando hasta mi apartamento. Luego cogió su coche y se fue a casa.

—¿A qué hora fue eso? ¿Cuándo se marchó a casa?

—No lo sé. Probablemente fueran las diez o las diez y media, a lo mejor algo más tarde. ¿Por qué lo pregunta?

Me encogí de hombros.

—Por nada en particular. Llámelo costumbre. Fui policía muchos años. Cuando un poli ya no sabe qué decir, se pone a hacer preguntas. Apenas importa cuáles sean las respuestas.

—Qué interesante. Es una especie de reflejo adquirido.

—Supongo que ese es el término, sí.

Inspiró hondo.

—Bueno —dijo—, quisiera darle las gracias por recibirme. Le he hecho perder el tiempo...

—Tengo mucho tiempo. No me importa perder un poco de vez en cuando.

—Solo quería intentar descubrir todo lo que pudiera sobre... sobre él. Pensé que podría haber algo, que me habría dejado un último mensaje. Una nota, o una carta que pudiera haber echado al correo... Supongo que es todo parte de que no me creo del todo que esté muerto, que no puedo creer que no vaya a volver a saber de él nunca, de una forma o de otra. Pensé que... Bueno, muchas gracias, de todos modos.

No quería que me diese las gracias. No tenía ninguna razón humana para estarme agradecida.

Cosa de una hora después, conseguí hablar con Beverly Ethridge. Le dije que tenía que verla.

—Pensé que tenía de tiempo hasta el martes, ¿te acuerdas?

—Quiero verla esta noche.

—Esta noche es imposible. Y aún no tengo el dinero, y aceptaste dejarme una semana.

—Es por otra cosa.

—¿Qué?

—Por teléfono no.

—¡Jesús! Esta noche es absolutamente imposible, Matt —repitió—. Tengo una cita.

—Creí que Kermit estaba fuera jugando al golf.

—Eso no significa que me tenga que quedar en casa sentada.

—Eso sí me lo creo.

—Realmente eres un bastardo, ¿no? Me han invitado a una fiesta. Una fiesta perfectamente respetable, de esas en las que no te quitas la ropa. Podría verte mañana si es absolutamente necesario.

—Lo es.

—¿Dónde y cuándo?

—¿Qué le parece el Polly? Digamos, a eso de las ocho.

—El Polly Cage. Es un poco vulgar, ¿no te parece?

—Un poco sí. —Le di la razón.

—Y yo también, ¿no?

—Yo no he dicho eso.

—No, tú siempre eres un perfecto caballero. A las ocho en punto en el Polly. Allí estaré.

Podía haberle dicho que se relajase, que el partido había terminado, en lugar de dejarla pasar otro día bajo presión. Pero me imaginé que sabría aguantarla bien. Y quería verle la cara cuando la dejara suelta. No sé por qué. Quizá por la clase de chispas que saltaban en cuanto estábamos juntos, pero quería estar ahí cuando se enterase de que era libre.

Huysendahl y yo no desprendíamos las mismas chispas. Lo llamé a su oficina y no di con él, así que siguiendo una corazonada probé en su casa. No estaba allí, pero pude hablar con su mujer. Le dejé el recado de que me pasaría por su oficina al día siguiente a las dos de la tarde, y que lo volvería a llamar por la mañana para confirmar la cita.

—Una cosa más —dije—. Dígale, por favor, que no tiene absolutamente nada de que preocuparse. Dígale que ya está todo resuelto, y que todo va a salir bien.

—¿Y él sabrá a qué se refiere?

—Lo sabrá —le dije.

Di una cabezada, bajé a comer un bocado tarde al restaurante francés que hay calle abajo, y luego volví a mi habitación y leí un rato. Estuve a punto de irme a la cama temprano, pero a eso de las once de la noche mi cuarto empezó a parecerse un poco más a una celda monacal que de costumbre. Había estado leyendo *Las vidas de los santos*, puede que eso tuviese algo que ver en ello.

Fuera, el cielo estaba intentando decidir si llovía o no, y el jurado seguía reunido. Di la vuelta a la esquina y me dirigí al Armstrong. Trina me sonrió y me trajo una copa.

Solo estuve allí cosa de una hora. Estuve pensando bastante en Stacy Prager, y más aún en su padre. Me gustaba un poco menos a mí mismo ahora que había conocido a la muchacha. Por otra parte, no podía por menos que estar de acuerdo con lo que Trina había apuntado la noche anterior. Prager tenía todo el derecho del mundo a escoger esa forma de librarse de sus problemas, y por lo menos su hija se había ahorrado saber que su padre había matado a un hombre. El hecho de su muerte era horrible, pero yo mismo no habría podido pergeñar tan fácilmente un final que resultase mejor.

Cuando pedía la cuenta, Trina la trajo y se sentó en el borde de mi mesa mientras yo contaba billetes.

—Se te ve un poco más alegre —me dijo.

—¿Tú crees?

—Un poquito.

—Bueno, anoche dormí como hacía mucho que no lo hacía.

—Ah, ¿sí? Yo también, qué curioso.

—Bien.

—Menuda coincidencia, ¿no te parece?

—Una coincidencia del carajo.

—Lo que demuestra que hay mejores sistemas para conciliar el sueño que el Seconal.

—Pero hay que usarlos con moderación, sin embargo.

—¿O te puedes enganchar?

—Algo así.

Un tipo sentado dos mesas más allá estaba intentando llamar su atención. Trina le lanzó una mirada hostil, y volvió a dirigirse a mí.

—No creo que llegue a ser una costumbre nunca —dijo—. Eres demasiado viejo y yo demasiado joven, eres demasiado introvertido y yo demasiado desequilibrada, y ambos somos en general raros.

—No te lo voy a discutir.

—Pero de vez en cuando no puede hacer daño, ¿verdad?

—No.

—Incluso resulta agradable.

Le cogí la mano y le di un apretón. Sonrió fugazmente, cogió mi dinero y se fue a ver qué quería el pesado de dos mesas más allá. Me quedé sentado un rato, mirándola, y luego me levanté y me marché.

Estaba lloviendo ya, una lluvia fría con unas desagradables rachas de viento. Este soplaba hacia el norte y yo caminaba hacia el sur, así que no me sentí particularmente feliz. Vacilé, preguntándome si me compensaría volver a entrar a tomar otra copa y esperar a que escampase. Decidí que no valía la pena.

Así que empecé a caminar hacia la calle Cincuenta y siete, y vi a la anciana mendiga en el umbral de Sartor Resartus. No supe si aplaudir su empeño o preocuparme por ella; normalmente no salía en noches así. Pero había estado despejado hasta hacía poco, por lo que imaginé que habría ocupado su puesto antes y la había sorprendido la lluvia.

Seguí andando, buscando dinero suelto en mi bolsillo. Esperaba no decepcionarla, pero no podía creer que le daría diez dólares todas las noches. Solo cuando me salvase la vida.

Llevaba las monedas listas, y ella salió del portal justo cuando yo llegaba a él. Pero no era la anciana.

Era el hombre de Marlboro, y tenía un cuchillo en la mano.

15

Se abalanzó sobre mí con el cuchillo bajo y apuntando hacia arriba, y si no hubiese estado lloviendo me habría liquidado allí mismo. Pero tuve suerte. Resbaló en la acera mojada y tuvo que contener la cuchillada mientras recuperaba el equilibrio, y eso me dejó tiempo para reaccionar lo suficiente para apartarme de él agachándome, y prepararme para su siguiente intento.

No tuve que esperar mucho. Lo esperé de puntillas, con los brazos sueltos a los lados, con una sensación de hormigueo en las manos y una vena latiéndome en la sien. Él se balanceó de un lado a otro, los anchos hombros amagando y haciendo fintas, y luego se precipitó sobre mí. Yo había estado vigilando sus pies, y estaba preparado. Lo esquivé por la izquierda, giré y le tiré un puntapié a la rodilla. Fallé, pero salté hacia atrás y ya estaba listo para recibirlo antes de que hubiese podido colocarse para otro ataque.

Empezó a girar hacia la izquierda, dando vueltas como un luchador profesional enfrentándose a su rival, y cuando hubo completado medio círculo y estuvo de espaldas a la calle, entendí por qué lo hacía. Quería acorralarme para que no pudiese salir corriendo.

Ni se tendría que haber molestado. Era joven, esbelto y atlético, y se le notaba que hacía ejercicio. Yo era demasiado viejo y me sobraba mucho peso, y durante muchos años el único ejercicio que había hecho era el de empinar el codo. Si intentaba correr, lo único que conseguiría sería ofrecerle la espalda como diana.

Se echó hacia delante y empezó a pasarse el cuchillo de una mano a otra. Eso queda muy bien en las películas, pero alguien bueno de verdad con un cuchillo no pierde el tiempo de ese modo. Son muy pocas las personas ambidextras de verdad. Había empezado con el cuchillo en la derecha, por eso sabía que lo volvería a tener en la derecha la próxima vez que me atacase, así que lo único que consiguió con su numerito de cambiarse el cuchillo de mano fue darme un respiro para recuperar el aliento y estudiar sus tiempos.

También me dio un poco de esperanza. Si gastaba energías en esa clase de juegos, entonces es que no era demasiado bueno con el cuchillo, y si era lo bastante aficionado, tenía una posibilidad.

—No llevo mucho dinero encima —dije—, pero está a tu disposición.

—No quiero tu dinero, Scudder, vengo solo a por ti.

Era una voz que no había oído nunca, y desde luego no era de Nueva York. Me pregunté de dónde lo habría sacado Prager. Después de haber conocido a Stacy, estaba bastante seguro de que no era su tipo.

—Estás cometiendo un error —le dije.

—El error es todo tuyo, tío. Y ya lo has cometido.

—Henry Prager se suicidó ayer.

—¿Sí? Tendré que mandarle flores. —Seguía pasándose el cuchillo de una mano a otra, tensaba las rodillas, las relajaba—. Te voy a rajar en canal, tío.

—No creo.

Se rio. Pude verle los ojos a la luz de las farolas y entendí lo que había querido decir Billie. Tenía ojos de asesino, de psicópata.

—Si tuviésemos cuchillo los dos, te ganaría —le solté.

—Seguro que sí, tío.

—Podría ganarte hasta con un paraguas.

Y lo que deseaba de veras era tener un paraguas o un bastón. Cualquier cosa que te permite alcanzar sin acercarte es mejor defensa contra un cuchillo que otro cuchillo. Mejor que cualquier cosa salvo una pistola.

Tampoco me habría importado tener una pistola justo entonces. Cuando abandoné el departamento de policía, una ventaja inmediata fue no tener que llevar pistola todo el tiempo. En aquel entonces resultaba muy importante para mí poder ir sin pistola. Aun así, durante meses me sentí desnudo sin una. Había llevado pistola durante quince años, y acaba uno acostumbrándose a llevar el peso encima.

Si hubiese tenido pistola en ese momento, habría tenido que usarla. Con él, eso quedaba claro. Solo el ver el arma no lo habría hecho tirar el cuchillo. Estaba decidido a matarme, y nada le impediría intentarlo. ¿Dónde lo habría encontrado Prager? No era un profesional, ciertamente. Mucha gente contrata asesinos aficionados, desde luego, y a menos que Prager hubiese tenido alguna conexión con la mafia que yo desconocía, no era probable que tuviese acceso a ningún asesino profesional.

A menos que...

Eso casi me hizo lanzarme por una nueva vía de reflexión, y la única cosa que no me podía permitir era que se me fuese la cabeza. Volví a la realidad al instante en cuanto vi que cambiaba de paso, y cuando se me echó encima estaba preparado. Había calculado mis movimientos, y tenía medidos sus tiempos, así que solté mi patada justo cuando estaba cogiendo impulso, y tuve la suerte de acertarle en la muñeca. Trastabilló pero consiguió no caerse, y aunque logré que soltase el cuchillo, no cayó lo bastante lejos para servirme de algo. Recuperó el equilibrio y fue a por el cuchillo, y lo cogió antes de que yo pudiese pisarlo. Se apresuró hacia atrás, llegó casi hasta el borde de la acera, y antes de que pudiese saltarle encima ya tenía el cuchillo en alto y tuve que retroceder.

—Ahora sí que estás muerto, tío.

—Hablar, hablas un rato bien. Casi te he podido antes.

—Creo que te voy a cortar en la barriga, tío. Dejaré que te mueras despacito y bien.

Cuanto más hablara, más tiempo se tomaría entre los ataques. Y cuanto más tiempo se tomara, más posibilidades habría de que apareciese alguien para unirse a la fiesta antes de que el invitado de honor acabase ensartado en un cuchillo. Pasaban taxis cada tanto, aunque no muchos, y la lluvia había hecho prácticamente desaparecer a los viandantes. Un coche patrulla habría sido bienvenido, pero ya se sabe lo que se dice de los polis: nunca aparecen cuando los necesitas.

—Venga, Scudder, intenta venir a por mí —dijo.

—Tengo toda la noche.

Pasó el pulgar por el filo del cuchillo.

—Está bien afilado —dijo.

—Te creo.

—Oh, te lo voy a demostrar, tío.

Retrocedió un poco, moviéndose con los mismos pasos de baile, y supe lo que venía a continuación. Iba a tirárseme encima de cabeza, y eso significaba que ya no sería una partida de esgrima, porque si no me apuñalaba en la primera estocada, acabaría tirándome al suelo, y pelearíamos ahí hasta que solo uno de los dos pudiese levantarse. Le miré los pies, no me dejé engañar por sus movimientos de hombros para despistar, y cuando vino contra mí, lo estaba esperando.

Me dejé caer sobre una rodilla y me agaché del todo cuando ya había iniciado su ataque, y la mano del cuchillo me pasó por encima del hombro; entonces me levanté por debajo de él, cogiéndole las piernas con los brazos, y en un solo movimiento giré y empujé. Cogí impulso con las piernas, y lo lancé tan alto y tan lejos como pude, sabiendo que al aterrizar tendría que dejar caer el cuchillo, sabiendo que tendría tiempo de apartarlo de una patada y de darle otra a él en la cabeza.

Pero no llegó a soltar el cuchillo. Subió alto, y pataleó en el vacío, y se dio la vuelta grácilmente en el aire como un saltador olímpico, pero cuando cayó no había agua en la piscina. Había extendido una mano para amortiguar la caída, pero no aterrizó bien. El impacto de su cabeza contra el asfalto fue como el de un melón al caer de un tercer piso. Estaba casi seguro de que se había fracturado el cráneo, y eso puede bastar para matarte.

Me acerqué y lo miré, y supe que no importaba que tuviese el cráneo fracturado o no, porque había aterrizado de nuca al caer, y ahora estaba en una posición imposible de alcanzar a menos que se tenga el cuello roto. Le busqué el pulso, no esperando encontrarlo, y no noté latido alguno. Le di la vuelta y acerqué el oído al pecho y tampoco oí nada. Seguía teniendo el cuchillo en la mano, pero no le iba a servir de mucho ya.

—¡Joder!

Levanté la vista. Era uno de los griegos del barrio, que solían tomar copas en Spiro y Antares. Nos saludábamos de vez en cuando. No conocía su nombre.

—He visto lo que ha pasado —dijo—, ese cabrón intentaba matarte.

—Pues justo eso me vas a ayudar a explicárselo a la policía.

—Mierda, ni hablar. No he visto nada, ¿sabes lo que te digo?

—No me importa saber lo que dices —dije—. ¿Cuánto crees que me costaría encontrarte si me lo propongo? Vuelve a Spiro, agarra el teléfono y llama al 911. Ni siquiera necesitas monedas para hacerlo. Diles que quieres informar de un homicidio en el Distrito Dieciocho, y dales la dirección.

—No sé yo si...

—No tienes que saber nada. Lo único que tienes que hacer es lo que te he dicho.

—Mierda, si tiene un cuchillo en la mano, cualquiera puede ver que ha sido en defensa propia. Está muerto, ¿no? Has dicho «homicidio», y tal como tiene doblado el cuello... ¡No se puede ir por la puta calle ya, toda la puta ciudad es una puta selva!

—Haz esa llamada.

—Mira...

—Estúpido hijo de puta, te puedo complicar la vida más de lo que te imaginas. ¿Quieres que los polis te persigan el resto de tu vida hasta volverte loco? Vete a hacer esa llamada.

Se fue.

Me arrodillé junto al cuerpo y lo registré rápidamente pero a conciencia. Lo que buscaba era un nombre, pero no llevaba nada que permitiera identificarlo. No tenía cartera, solo un clip para billetes en forma de signo del dólar. Parecía de plata de ley. Tenía algo más de trescientos dólares. Volví a colocar en el clip los billetes de uno y de cinco, y se lo metí en el bolsillo. Me guardé los demás. Los iba a necesitar más que él.

Me quedé allí esperando a que apareciera la policía, preguntándome si mi amiguito los habría avisado. Mientras aguardaba, pararon un par de taxis para preguntar qué había pasado y si necesitaba ayuda. Nadie se había molestado mientras el hombre de Marlboro agitaba el cuchillo en mis narices, pero ahora que estaba muerto todo el mundo quería vivir peligrosamente. Los espanté a todos y seguí esperando, hasta que por fin apareció un coche patrulla que salió de la calle Cincuenta y siete y se acercó haciendo caso omiso de que la Novena Avenida es de un solo sentido en el centro. Apagaron la sirena y se acercaron a donde yo estaba junto al cuerpo. Eran dos agentes de paisano, no conocía a ninguno de los dos.

Les expliqué sucintamente quién era yo y lo que había ocurrido. El hecho de ser un expolicía no me perjudicó en absoluto. Otro coche se detuvo mientras estaba hablando, con una dotación del laboratorio criminológico, y luego llegó una ambulancia.

A los del laboratorio les advertí:

—Espero que le toméis las huellas dactilares. Y no después de llevarlo al depósito. Tomádselas ahora mismo.

No me preguntaron quién era yo para darles órdenes. Supongo que asumieron que era poli, y de rango superior al suyo. El agente de paisano con el que había hablado se dirigió a mí, enarcando las cejas.

—¿Huellas?

Asentí.

—Quiero saber quién es, y no lleva encima ninguna identificación.

—¿Te has molestado en mirar?

—Me molesté en mirar, sí.

—Se supone que no debes hacerlo.

—Sí, lo sé. Pero quería saber quién se había tomado la molestia de intentar matarme.

—Solo era un atracador, ¿no?

Negué con la cabeza.

—Me estuvo siguiendo el otro día. Y esta noche me estaba esperando, y me llamó por mi nombre. El atracador medio no investiga tan a fondo a sus víctimas.

—Bueno, ya le están tomando las huellas, ya veremos qué sale. ¿Por qué iba a querer matarte nadie?

Hice caso omiso de la pregunta y dije:

—No sé si es de por aquí o no. Estoy seguro de que estará fichado en algún lado, pero puede que no haya sido detenido nunca en Nueva York.

—Bueno, echaremos un vistazo y ya veremos qué encontramos. No creo que sea virgen, ¿no te parece?

—No es probable, no.

—Si no lo tenemos fichado nosotros, lo tendrán en Washington. ¿Quieres venir a la comisaría? Probablemente haya muchachos que conozcas de los viejos tiempos.

—Claro que sí —dije—. ¿Sigue haciendo el café Gagliardi?

Se le ensombreció el rostro.

—Murió —dijo—. Hará cosa de dos años. Le dio un infarto. Estaba sentado a su mesa y se quedó seco.

—No me había enterado. Qué lástima.

—Sí, era un buen tipo. Y hacía un café muy bueno, además.

16

Mi declaración preliminar fue poco precisa. El que me la tomó, un detective llamado Birnbaum, lo comentó. Dije sencillamente que me había asaltado un desconocido en un lugar y a una hora determinados, que mi agresor iba armado con un cuchillo, que yo estaba desarmado, y que había tomado medidas defensivas que habían resultado en tirar al suelo a mi agresor de tal manera que, aunque no había sido esa mi intención, la caída consiguiente le había causado la muerte.

—Ese chorizo te conocía de nombre —dijo Birnbaum—. Eso dijiste antes.

—Así es.

—Aquí no lo pone. —Tenía grandes entradas, e hizo una pausa para frotarse la zona donde antaño había pelo—. También le dijiste a Lacey que te había estado siguiendo desde hacía un par de días.

—Con toda seguridad, me fijé en él una vez por lo menos, y tengo la impresión de haberlo visto un par de veces más.

—Ajá. Y quieres esperar un rato mientras procesamos sus huellas para tratar de averiguar quién era.

—Correcto.

—No esperaste a ver si le encontrábamos alguna identificación encima. Lo que significa que probablemente miraste y viste que no era el caso.

—Tal vez fuese una corazonada —apunté—. Si un tipo sale a matar a alguien, no lleva papeles encima. Eso asumí.

Enarcó las cejas un segundo, y luego se encogió de hombros.

—Podemos dejarlo estar así, Matt. Muchas veces yo compruebo apartamentos cuando no hay nadie en casa, y mira tú por dónde, han sido descuidados y se han dejado la puerta abierta, porque, por supuesto, a mí ni se me pasaría por la cabeza abrir la puerta con un trozo de celuloide.

—Claro, porque eso sería allanamiento de morada.

—Y no queremos que eso pase, ¿verdad? —Sonrió y volvió a coger la hoja con mi declaración—. Tú sabes cosas sobre este pájaro que no quieres contarnos, ¿me equivoco?

—Sí. Hay cosas que no sé.

—No lo entiendo.

Cogí uno de sus cigarrillos del paquete que tenía encima de la mesa. Si me descuidaba, acabaría volviendo a coger el vicio. Me tomé un tiempo para encenderlo, pensando en cómo formular la cuestión de la mejor manera.

—Vais a poder cerrar un caso abierto, me parece —le dije—. Un homicidio.

—Dame un nombre.

—Aún no.

—Mira, Matt...

Inhalé humo, y dije:

—Déjame seguir a mi manera un poco más. Te daré parte de los detalles, pero que no quede constancia oficial de nada por ahora. Ya tenéis suficiente para archivar lo que ha pasado esta noche como homicidio en defensa propia, ¿no? Tenéis un testigo, y un fiambre con un cuchillo en la mano.

—¿Y bien?

—Al fiambre lo habían contratado para seguirme. Cuando sepa quién es, probablemente sabré quién lo ha contratado. Creo que también lo contrataron para matar a otro tipo hace poco, y cuando sepa su nombre y sus antecedentes estaré en condiciones de daros las pruebas que permitirán identificar a la persona que estaba pagando las facturas.

—¿Y no puedes decirnos nada más al respecto mientras tanto?

—No.

—¿Por alguna razón en particular?

—No quiero causarle problemas a quien no tenga nada que ver.

—Te gusta jugar en solitario, ¿eh?

Me encogí de hombros.

—Están comprobando las huellas en la central en estos mismos momentos. Si no está fichado aquí, mandaremos las huellas al FBI en Washington. Podría ser una noche muy larga.

—Me gustaría quedarme por aquí, si no es molestia.

—En realidad, casi lo preferiría. Hay un camastro en el despacho del teniente, si quieres echar una cabezada.

Le dije que esperaría hasta que llegasen noticias de la central. Se buscó algo que hacer, y yo entré en un despacho vacío y cogí un periódico. Supongo que me quedé dormido, porque lo siguiente que recuerdo es a Birnbaum sacudiéndome por el hombro. Abrí los ojos.

—En la central no tienen nada, Matt. Nuestro chico nunca ha sido arrestado en Nueva York.

—Eso me imaginaba.

—Pensé que no sabías nada de él.

—Y no sé nada. Son corazonadas, ya te lo he dicho.

—Nos ahorrarías trabajo si nos dijeses dónde buscar.

Sacudí la cabeza.

—No se me ocurre nada más rápido que telegrafiar a Washington.

—Ya hemos enviado las huellas. Puede llevar un par de horas de todos modos, y ya está empezando a amanecer. ¿Por qué no te vas a casa, y en cuanto haya algo te llamo?

—Tenéis un juego completo de huellas. ¿El FBI no hace estas cosas por ordenador hoy en día?

—Claro, pero alguien tiene que decirle al ordenador lo que ha de hacer, y tienden a tomárselo con calma ahí abajo. Vete a casa y duerme un rato.

—Prefiero esperar.

—Tú mismo.

Se dirigió a la puerta, pero se dio la vuelta para recordarme lo del catre en el despacho del teniente. Pero el rato que había dormitado en la silla me había quitado la necesidad de dormir. Estaba exhausto, desde luego, pero ya no podría volver a dormirme. Se habían puesto a dar vueltas demasiados engranajes mentales, y no podía detenerlos.

Tenía que ser el chico de Prager. Tenía que resultar así. O bien no se había enterado de que Prager estaba muerto y fuera de circulación, o estaba muy unido a Prager y quería verme muerto por despecho. O lo habían contratado a través de un intermediario, de algún modo, y no sabía que Prager estaba detrás de todo. De alguna manera, de cualquier manera, porque en caso contrario...

No quise pensar en el caso contrario.

Le había dicho la verdad a Birnbaum. Tenía una corazonada, y cuanto más lo pensaba, más creía en ella, y al mismo tiempo más deseaba equivocarme. Así que esperé en la comisaría, leyendo periódicos y tomando innumerables tazas de café, intentando no pensar en todas las cosas en las que no conseguía dejar de pensar. En algún momento, Birnbaum se marchó a casa después de haber puesto al corriente a otro detective llamado Guzik, y a eso de las nueve y media este vino a buscarme y me dijo que ya tenían una identificación de Washington.

Me leyó la hoja del teletipo.

—Lundgren, John Michael. Nacido el 14 de marzo de 1943 en San Bernardino, California. Tiene una larga serie de arrestos, Matt. Proxenetismo, agresión, asalto a mano armada, robo de coches, hurto mayor. Ha cumplido pequeñas condenas aquí y allá por toda la Costa Oeste, y prisión mayor en San Quintín.

—Cumplió cinco años de condena en Folsom —dije—, no sé si sería por extorsión o robo. Eso ha debido de ser hace bastante poco.

—Pensé que no lo conocías. —Alzó los ojos y me miró.

—Y no lo conozco. Tenía montado un negocio de extorsión sexual. Lo detuvieron en San Diego y su socia hizo un trato y aceptó ser testigo de la acusación. Le suspendieron la condena.

—Esos detalles no constan aquí.

Le pregunté si tenía un cigarrillo. Me dijo que no fumaba. Se dio la vuelta para preguntar si alguien tenía tabaco, pero le dije que daba igual.

—Que venga un taquígrafo —dije—, tengo mucho que contar.

Les conté todo lo que pude recordar. Cómo Beverly Ethridge había entrado y salido del mundo del crimen; cómo había conseguido una buena boda y había vuelto a ser la mujer de la alta sociedad que había sido en sus orígenes. Cómo Spinner Jablon había averiguado toda la historia a partir de una foto que vio en el periódico y había montado un pequeño negocio de chantaje de lo más apañado.

—Supongo que ella lo debió de contentar un tiempo —dije—, pero resultaba caro, y él debía de pedirle cantidades mayores cada vez. Entonces apareció su antiguo novio Lundgren, y le explicó la forma de zanjar el asunto. ¿Por qué pagar chantaje cuando es mucho más fácil matar al chantajista? Lundgren era un delincuente profesional, pero como asesino era un aficionado. Intentó cargarse a Spinner dos veces, de distintas maneras. Trató de arrollarlo con un coche, y terminó atizándole en la cabeza y tirándolo al East River. Luego intentó lo del coche conmigo.

—Y después probó con un cuchillo.

—Así es.

—¿Cómo te viste mezclado en esto?

Se lo expliqué, omitiendo los nombres de las otras víctimas del chantaje de Spinner. Eso no les hizo mucha gracia, pero no podían hacer nada para cambiarlo. Les conté cómo me había puesto a mí mismo de cebo, y cómo Lundgren había mordido el anzuelo.

Guzik no paró de interrumpirme, diciendo que tenía que haber informado de todo a la policía desde el primer momento, y yo le dije una y otra vez que eso era algo que no había contemplado hacer en ningún momento.

—Lo habríamos gestionado bien, Matt. ¡Joder! Tú mucho decir que Lundgren era un aficionado, pero mierda, para aficionado tú, corriendo de aquí para allá con el culo al aire. Acabaste enfrentándote a un cuchillo solo con las manos desnudas y ha sido puta chiripa que sigas vivo en estos momentos. Carajo, parece que no hayas sido policía quince años, has actuado como si no supieses para qué sirve el departamento.

—¿Y qué hay de la gente que no tuvo nada que ver con la muerte de Spinner? ¿Qué les habría pasado a ellos si os hubiese dado toda la información de entrada?

—Ese sería su problema, ¿no? No tienen precisamente las manos limpias. Que tengan algo que ocultar no tiene por qué interferir en una investigación por asesinato.

—Pero no había tal investigación. A nadie le importó una mierda Spinner.

—Eso fue porque tú ocultaste pruebas.

Negué con la cabeza.

—Y una mierda —dije—. No tenía pruebas de que hubiesen asesinado a Spinner. Tenía pruebas de que había estado chantajeando a varias personas. Había pruebas contra Spinner, pero él estaba muerto, y no pensé que estuvierais particularmente ansiosos de sacarlo de la morgue y arrojarlo a una celda. En cuanto he tenido pruebas de un asesinato, os las he puesto en las manos. Mira, podríamos seguir discutiendo todo el santo día. ¿Por qué no cursáis una orden de detención contra Beverly Ethridge?

—¿Y de qué la acusamos?

—Dos cargos de conspiración para cometer un asesinato.

—¿Tienes las pruebas del chantaje?

—En lugar seguro, en una caja de seguridad en un banco. Puedo tenerlas aquí en una hora.

—Creo que te acompañaré a buscarlas.

Lo miré.

—A lo mejor quiero ver exactamente qué hay en el sobre, Scudder.

Había sido «Matt» hasta ese momento. Me pregunté cuál sería su juego. A lo mejor solo estaba tanteando, pero algo andaba calculando. A lo mejor quería ocupar mi lugar en el juego del chantaje, solo que él querría dinero de verdad, y no el nombre de un asesino. O a lo mejor pensaba que los otros primos habían cometido delitos reales, y que le valdría un ascenso sacarlos a la luz. No lo conocía lo suficiente para saber cuál sería la motivación más coherente con su carácter, pero la verdad es que no había mucha diferencia.

—No lo entiendo —le dije—. Te entrego a un asesino en bandeja de plata y lo único que quieres es fundir la bandeja.

—Voy a mandar a un par de chicos a detener a la señora Ethridge. Mientras tanto, tú y yo vamos a abrir una caja de seguridad.

—Podría haber olvidado dónde tengo la llave.

—Y yo podría complicarte mucho la vida.

—No es que la tenga fácil, tal y como es. Vamos, está solo a un par de manzanas de aquí.

—Sigue lloviendo —dijo—. Cogeremos un coche.

Fuimos en coche hasta la sucursal del Manufacturers Hanover en el cruce de la calle Cincuenta y siete con la Octava Avenida. Guzik dejó el coche patrulla blanco y negro en una parada de autobús. Todo para ahorrarse un paseo de tres manzanas, y ni siquiera estaba lloviendo mucho ya. Entramos y bajamos las escaleras hasta la cámara acorazada; le entregué mi llave al guardia y firmé la tarjeta de registro.

—Me pasó la cosa más rara que hayas visto nunca hace cosa de unos meses —dijo Guzik, que se mostraba de nuevo amistoso desde que le seguía la corriente—. Una chica había alquilado una caja de seguridad en el Chemical Bank, y pagaba sus ocho dólares al año, y se presentaba a abrir su caja tres o cuatro veces diarias. Y siempre la acompañaba un tío, que nunca era el mismo. Así que en el banco se acabaron mosqueando y nos pidieron que lo comprobáramos, ¿y quieres creer que la chica resultó ser una furcia? En vez de alquilar una habitación de hotel por diez pavos, enganchaba a sus clientes en la calle y se los llevaba al puto banco, por amor de Dios. Entonces sacaba su llave, la pasaban al cuartito, cerraba la puerta y, en total intimidad, le hacía al pollo de turno una mamada rápida, metía el dinero en su caja y la volvía a cerrar. Y lo único que le costaba eran ocho pavos al año en lugar de diez por servicio, y con más seguridad que en un hotel, porque si le tocaba un demente, ¿cómo iba a intentar pegarle en medio del puto banco? No podían atizarle ni robarle, era perfecto.

Para entonces, el guardia había usado su llave y la mía para traer la caja de la cámara. Me la dio y nos acompañó a un cubículo. Entramos juntos, y Guzik cerró la puerta con llave. La habitación me pareció un poco angosta para el sexo, pero tengo entendido que la gente lo hace en los servicios de los aviones, y este sitio era espacioso en comparación.

Le pregunté a Guzik qué había pasado con la chica.

—Oh, le aconsejamos al banco que no la denunciase, porque lo único que iban a conseguir era darle ideas a todas las fulanas en activo. Les dijimos que le devolviesen su depósito de ocho dólares y le dijesen que no la querían como clienta, y supongo que eso sería lo que hicieron. Ella probablemente cruzó a la acera de enfrente y retomó el negocio con otro banco.

—Pero ¿nunca os llegaron más quejas?

—No. A lo mejor tenía un amigo en el Chase Manhattan.

—Se rio con ganas de su propia gracia, y se paró de repente—.
Vamos a ver qué hay en la caja, Scudder.

Se la entregué.

—Ábrela tú mismo —le dije.

Lo hizo, y le miré la cara mientras lo examinaba todo. Hizo algunos comentarios interesantes sobre las fotos que vio, y se leyó con bastante detenimiento todos los documentos escritos. Y entonces alzó la vista de repente.

—Todo lo que hay aquí es sobre la señora Ethridge.

—Eso parece —le dije.

—¿Qué hay de los demás?

—Supongo que estas cajas de seguridad ya no son tan seguras como se suponía. Alguien ha debido de entrar y llevarse todo lo demás.

—¡Serás hijo puta!

—Tienes todo lo que necesitas, Guzik. Ni más, ni menos.

—Has cogido una caja distinta para cada uno. ¿Cuántas más hay?

—¿Qué más da?

—¡Hijo de puta! Pues nada, salimos, y le preguntamos al guardia cuántas cajas de seguridad tienes aquí y les echamos un vistazo.

—Si quieres. Pero te puedo ahorrar tiempo.

—¿Cómo?

—No solo tres cajas distintas, Guzik. Tres bancos diferentes. Y ni por asomo creas que me vas a sacar las otras llaves, ni vas a poder saber qué bancos son, ni ninguna otra cosa que se te pueda ocurrir. De hecho, sería buena cosa que dejaras de llamarme hijo de puta, porque podría molestarme y decidir no colaborar con tu investigación. No tengo por qué cooperar, ¿sabes? Y si no lo hago, tu caso se va al carajo. Posiblemente pudieras vincular a la señora Ethridge con Lundgren sin mí, pero te costaría un huevo encontrar algo que le sirviera al fiscal del distrito para llevarla ante un tribunal.

Nos quedamos un rato mirándonos. Un par de veces estuvo a punto de decir algo, y también decidió que no era una idea particularmente buena. Al final, le cambió la cara, y me di cuenta de que había decidido dejarlo estar. Estaba harto, y sabía que tenía todo lo que iba a poder conseguir, y se le notó en la cara.

—¡Al carajo! Es el poli que llevo dentro —dijo—, que quiere llegar al fondo de las cosas. Espero que no te hayas molestado.

—En absoluto —respondí, y supongo que no soné muy convincente.

—Probablemente hayan sacado a la señora Ethridge de la cama a estas horas. Voy a volver, y a ver qué tiene que decir. Debería resultar entretenido. O a lo mejor no la han sacado de la cama. A juzgar por esas fotos, tiene que resultar más divertido meterla en la cama que sacarla. ¿Has tenido ocasión de probar la mercancía, Scudder?

—No.

—A mí no me importaría darle un tiento. ¿Quieres acompañarme a la comisaría?

No quería ir a ningún sitio con él. Ni tampoco quería ver a Beverly Ethridge.

—Paso —le dije—. Tengo una cita.

17

Me pasé media hora debajo de la ducha con el agua todo lo caliente que pude aguantarla. Había sido una larga noche, y lo único que había descansado había sido el momento que me quedé adormilado en la silla de Birnbaum. Habían estado a punto de matarme, y había matado al tipo que había tratado de liquidarme. El hombre de Marlboro, John Michael Lundgren. Habría cumplido treinta y un años el mes siguiente. Habría jurado que era más joven incluso, veintiséis o así. Claro que nunca había podido verlo con una buena luz.

No me importaba en particular que estuviese muerto. Había intentado matarme y parecía disfrutar con la perspectiva. Había matado a Spinner, y no era improbable que hubiese matado a más gente antes. Puede que no fuese un profesional del asesinato, pero parecía que disfrutara haciéndolo. Desde luego, le gustaba jugar con el cuchillo, y a los tipos que les van los cuchillos normalmente los ponen sus armas. Las armas afiladas resultan incluso más fálicas que las pistolas.

Me pregunté si habría usado un cuchillo con Spinner. No era inconcebible. El laboratorio del forense no lo detecta todo. Hubo un caso hace algún tiempo: una tía que sacaron del río Hudson, le hicieron la autopsia y la iban a enterrar sin que nadie se diese cuenta de que tenía una bala en el cráneo. Lo descubrieron solo porque algún tarado le cortó la cabeza antes del entierro. Quería la calavera para adornar su mesa, y acabaron por encontrar la bala, identificaron el cráneo por la ficha dental, y descubrieron que la mujer llevaba dos meses desaparecida de su casa en Nueva Jersey.

Dejé vagar la mente con todos estos pensamientos, porque había otros que prefería evitar, pero al cabo de media hora salí de la ducha y me sequé, cogí el teléfono y pedí que no me pasaran llamadas y que me despertaran a la una en punto.

No es que esperase necesitar la llamada del servicio despertador, porque sabía que no iba a poder dormir. Lo único que podía hacer era tumbarme en la cama, cerrar los ojos y pensar en Henry Prager y en cómo lo había matado.

Henry Prager.

John Lundgren estaba muerto y lo había matado yo, le había partido el cuello, y no me importaba en absoluto, porque había hecho todo lo posible para merecer esa muerte. Y a Beverly Ethridge la estaba interrogando la policía, y era muy posible que reunieran lo suficiente sobre ella para encerrarla un par de años. También era posible que se fuera de rositas, porque probablemente no hubiera pruebas suficientes para armar el caso, pero de cualquier manera no importaba gran cosa, porque Spinner tendría su venganza. Ella podría olvidarse de su matrimonio y de su posición social, y de los cócteles en Pierre. Podría olvidarse de la mayor parte de su vida, y eso tampoco me importaba, porque no era nada que no se hubiese merecido.

Pero Henry Prager no había matado a nadie, y yo lo había presionado lo suficiente para hacer que se saltase la tapa de los sesos, y la verdad es que no tenía forma humana de justificarlo. Ya me había fastidiado bastante cuando lo creía culpable de asesinato. Ahora sabía que era inocente, y me fastidiaba infinitamente más.

Oh, había formas de racionalizarlo. Era evidente que su negocio iba mal. Era evidente que últimamente había tomado un montón de decisiones financieras equivocadas. Era evidente que llevaba tiempo dándose cabezazos contra distintas y variadas paredes, y era evidente que tenía ribetes de maníaco-depresivo con tendencias suicidas. Sí, todo eso estaba muy claro; pero yo había ejercido una presión adicional sobre un hombre que no estaba en condiciones de soportarla, y había venido a ser la gota que desborda el vaso. Y no había forma de racionalizar eso para quedarme tranquilo, porque no había sido pura coincidencia que Prager aprovechase mi visita a su despacho para meterse la pistola en la boca y apretar el gatillo.

Me quedé tumbado con los ojos cerrados, y me apetecía una copa. Me apetecía horrores.

Pero no era el momento. No hasta que hubiese acudido a mi cita para decirle a un prometedor joven pederasta que no tenía que pagarme cien mil dólares, y que si conseguía engañar a la gente suficiente el tiempo suficiente, podía seguir adelante y llegar a convertirse en gobernador.

Para cuando hube acabado de explicarme, tenía la impresión de que hasta podría no resultar mal gobernador, y todo. Debió de darse cuenta, en cuanto me senté frente a su mesa, de que le convenía escuchar lo que tenía que decirle sin interrumpirme. Lo que le dije debió de resultarle completamente inesperado, pero siguió ahí sentado, con pinta concentrada, escuchando atentamente, asintiendo de vez en cuando como si puntuase mis frases. Le dije que estaba libre del anzuelo, que en realidad nunca había estado enganchado, que todo había sido un ardid pensado para desenmascarar a un asesino sin tener que airear los trapos sucios de otra gente. Me tomé mi tiempo para contárselo, porque quería dejarlo todo dicho de una sola vez.

Cuando acabé, se recostó en su butaca y miró al techo. Luego volvió la vista y me miró a los ojos, y habló por primera vez.

—Extraordinario.

—Tuve que apretarle las tuercas a usted, igual que a todos los demás —le dije—. No me gustó, pero era lo que tenía que hacer.

—Oh, no me sentí demasiado presionado, señor Scudder. Me di cuenta de que era usted un hombre razonable y solo era cuestión de reunir el dinero, tarea que no se me antojaba en modo alguno imposible. —Juntó las manos sobre la mesa—. Me resulta difícil digerir todo esto de una sentada. Resultaba usted un chantajista perfecto, debo decir. Y ahora resulta que nunca fue tal chantajista. Nunca me he sentido más satisfecho de que me hayan tomado el pelo. ¿Y qué hay de las... ejem, fotografías?

—Las he destruido todas.

—Supongo que tengo que aceptar su palabra al respecto. Pero ¿no es acaso un reparo estúpido? Sigo pensando en usted como chantajista, y eso es absurdo. Si fuera usted un chantajista, aún tendría que fiarme de su palabra de que no se había quedado copias de las fotos, en última instancia siempre dependería de eso; pero dado que no me ha extorsionado ningún dinero, de entrada, difícilmente puedo preocuparme de que lo haga en el futuro, ¿no es así?

—Pensé en traerle las fotos. Pero también se me ocurrió que podría atropellarme un autobús de camino aquí, o dejarme olvidado el sobre en un taxi. —A Spinner, recordé, le preocupaba que lo atropellase un autobús—. Me pareció más sencillo quemarlas.

—Permítame asegurarle que no sentía el menor deseo de verlas. Solo el saber que han dejado de existir me basta para sentirme mucho mejor al respecto. —Su mirada se detuvo, escrutadora, en la mía—. Se ha arriesgado usted mucho, ¿no? Podrían haberlo matado.

—Casi lo consiguen. Dos veces.

—No puedo entender por qué se expuso usted de esa manera.

—Yo mismo no estoy seguro de comprenderlo. Digamos que estaba haciéndole un favor a un amigo.

—¿Un amigo?

—Spinner Jablon.

—Extraña persona para darle usted su amistad, ¿no le parece?

Me encogí de hombros.

—Bueno, supongo que sus motivos no tienen demasiada importancia. Desde luego lo consiguió usted de forma admirable.

Yo no estaba tan seguro de eso.

—La primera vez que me dio usted a entender que tal vez pudiera recuperar esas fotos mías, expuso usted su demanda de chantaje en términos de recompensa. Un toque bastante elegante, de hecho. —Sonrió—. Sí me parece que se merece usted una recompensa, no obstante. Tal vez no cien mil dólares, pero sí algo sustancial, diría yo. No llevo mucho efectivo encima en este momento...

—Un cheque estará bien.

—Ah, ¿sí?

Me miró un momento, y luego abrió un cajón y sacó un talonario de cheques, de los grandes con tres talones en cada página. Desenroscó el capuchón de una pluma, escribió la fecha y volvió a mirarme.

—¿Puede usted sugerir alguna cantidad?

—Diez mil dólares —respondí.

—No ha tardado usted nada en pensar en un importe.

—Es la décima parte de lo que estaba usted dispuesto a pagarle a un chantajista. Me parece una cifra razonable.

—Lo es, y también una ganga desde mi punto de vista. ¿Se lo extiendo al portador o a su nombre?

—Ninguna de las dos cosas.

—¿Perdone?

No era cosa mía perdonarlo.

—No quiero ningún dinero para mí. Spinner me contrató y me pagó bastante bien por mi tiempo.

—¿Entonces...?

—Ponga el cheque a nombre de la Ciudad de los Muchachos. La Ciudad de los Muchachos del padre Flanagan. Creo que está en Nebraska, ¿no es así?

Dejó la pluma en la mesa y me miró fijamente. Se sonrojó ligeramente, pero luego o vio la gracia de la cosa, o el político que había en él se impuso, porque echó la cabeza hacia atrás y se rio. Resultó una carcajada bastante convincente. No sé si era impostada o no, pero desde luego sonó auténtica.

Extendió el cheque y me lo tendió. Me dijo que tenía un sentido maravilloso de la justicia poética. Doblé el talón y me lo guardé en el bolsillo.

—Conque la Ciudad de los Muchachos —dijo—, vaya por Dios. ¿Sabe usted, Scudder?, todo eso es agua pasada. El tema de esas fotos. Era una flaqueza, una flaqueza muy desafortunada y muy perjudicial, pero está superada.

—Si usted lo dice...

—En realidad, incluso el deseo ha quedado completamente olvidado, he exorcizado ese demonio en particular. Y aunque no fuera así, no tendría ninguna dificultad en resistir el impulso. Tengo una carrera que me importa demasiado para ponerla en peligro. Y estos últimos meses he aprendido con creces el significado del peligro.

No dije nada. Se levantó y se puso a dar vueltas al tiempo que me contaba todos los planes que tenía para el gran estado de Nueva York. No le presté demasiada atención. Solo me fijé en el tono de su voz, y llegué a la conclusión de que era bastante sincero. Realmente quería ser gobernador, eso había sido evidente desde el principio, pero parecía querer ser gobernador por motivos razonablemente buenos.

—Bueno —dijo a la postre—, parece que he encontrado la ocasión de soltar un discurso electoral, ¿verdad? ¿Podré contar con su voto, Scudder?

—No.

—¿Vaya? Me parecía que había sido un discurso bastante bueno.

—Tampoco votaré en contra de usted. No voto.

—Es su deber de ciudadano, señor Scudder.

—Soy una mierda de ciudadano.

Sonrió francamente al oír eso, por razones que se me escaparon.

—¿Sabe usted, Scudder? —dijo—, me gusta su estilo. A pesar de todos los malos momentos que me ha hecho pasar, me sigue gustando su estilo. Me gustaba antes incluso de saber que lo del chantaje era una mascarada. —Bajó la voz, adoptando un tono confidencial—. Podría encontrar un puesto muy bueno para alguien como usted en mi organización.

—Las organizaciones no me interesan. Formé parte de una durante quince años.

—El departamento de policía.

—Así es.

—Tal vez me haya expresado con torpeza. No sería usted parte de una organización *per se*. Trabajaría para mí.

—No me gusta trabajar para nadie.

—¿Está usted satisfecho con su vida tal y como es?

—No particularmente.

—Pero no quiere cambiarla.

—No.

—Es su vida —dijo—, pero me sorprende. Es usted una persona con grandes posibilidades. En mi opinión, debería usted aspirar a más en la vida. Creo que debería usted ser más ambicioso, si no por su propio interés personal, entonces en aras de aprovechar para hacer algo bueno por los demás.

—Ya le he dicho que soy una mierda de ciudadano.

—Porque no ejerce su derecho al voto, sí. Pero me gustaría creer... Bueno, si cambiara usted de opinión, señor Scudder, la oferta seguirá en pie.

Me levanté. Él también, y extendió la mano. La verdad es que no quería estrechársela, pero no vi forma de evitarlo. Su apretón era firme y sólido, lo que resultaba de buen augurio para él. Iba a tener que estrechar muchas manos si quería ganar elecciones.

Me pregunté si de verdad habría perdido su pasión por los jovencitos. No me importaba gran cosa, en un sentido o en el otro. Las fotos que había visto me habían revuelto el estómago, pero no estaba muy seguro de tener ningún reparo moral que oponerles. El chico que había posado en ellas había cobrado, y no me cabía duda de que sabía lo que estaba haciendo. No me gustó darle la mano, y nunca lo elegiría de compañero de barra, pero pensé que no resultaría mucho peor en Albany que cualquier otro hijo de puta de los que aspiraban al cargo.

18

Eran alrededor de las tres de la tarde cuando salí de la oficina de Huysendahl. Pensé en llamar a Guzik y enterarme de cómo se las estaban apañando con Beverly Ethridge, pero opté por ahorrarme los diez centavos. No tenía ganas de hablar con él, y la verdad es que tampoco me importaba cómo les fuera. Estuve caminando un rato y paré a comer en un bar de Warren Street. No tenía hambre, pero hacía tiempo que no había comido nada, y mi estómago estaba empezando a hacerme notar que lo estaba maltratando. Me tomé un par de sándwiches y algo de café.

Seguí caminando. Había pensado ir al banco donde tenía guardados los papeles de Henry Prager, pero ya era demasiado tarde; estaría cerrado. Decidí hacerlo por la mañana, para poder destruir todo ese material. A Prager ya no podía lastimarlo, pero estaba su hija, y yo me sentiría mejor cuando las cosas que me había legado Spinner hubieran dejado de existir.

Al cabo de un rato me metí en el metro, y bajé en Columbus Circle. Tenía un mensaje esperándome en la recepción del hotel. Anita había llamado, y quería que la llamara.

Subí a mi habitación y escribí en un sobre la dirección de la Ciudad de los Muchachos. Metí el cheque de Huysendahl, le puse un sello al sobre y, haciendo gala de una confianza descomunal, eché la carta en el buzón del hotel. De vuelta en mi cuarto, conté el dinero que le había quitado al hombre de Marlboro. Ascendía a doscientos ochenta dólares. A una iglesia u otra le iban a tocar veintiocho dólares, pero por el momento no me apetecía ir a ninguna. La verdad es que no me apetecía hacer nada de nada.

Todo había acabado. No quedaba nada por hacer, y solo me sentía vacío. Si Beverly Ethridge alguna vez llegaba a ir a juicio, probablemente tendría que testificar, pero pasarían meses antes de eso, si es que llegaba a ocurrir, y la perspectiva de prestar testimonio no me incomodaba. Lo había hecho bastantes veces en el pasado. No había nada más que hacer. Huysendahl era libre de convertirse en gobernador o no, dependiendo de los caprichos de los mandamases políticos y del público en general, y Beverly Ethridge tenía la espalda contra la pared, y a Henry Prager lo enterrarían en uno o dos días. El dedo móvil había escrito, y él se había tachado a sí mismo, y mi papel en su vida estaba tan acabado como su propia vida. Ya solo era una persona más a la que encenderle velas sin sentido, eso era todo.

Llamé a Anita.

—Gracias por el giro postal —dijo—. Te lo agradezco.

—Te diría que hay más dinero ahí de donde saqué ese —le contesté—, pero la verdad es que no.

—¿Estás bien?

—Seguro. ¿Por qué?

—Suenas distinto. No sé exactamente cómo, pero suenas distinto.

—Ha sido una semana muy larga.

Hubo un silencio. Nuestras conversaciones se suelen caracterizar por los silencios. Luego dijo:

—Los chicos se preguntan si querrías llevarlos a un partido de baloncesto.

—¿En Boston?

—¿Perdón?

—Los Knicks están fuera de juego. Los Celtics los destrozaron hace un par de noches. Fue el momento cumbre de mi semana.

—Los Nets —dijo ella.

—Oh.

—Creo que han llegado a la final. Contra Utah o algo así.

—Oh. —Nunca consigo recordar que Nueva York tiene un segundo equipo de baloncesto. No sé por qué será. He llevado a mis hijos al Nassau Coliseum a ver jugar a los Nets, y aun así tiendo a olvidarme de que existen—. ¿Cuándo juegan?

—El partido de ida en casa es el sábado por la noche.

—¿Qué día es hoy?

—¿Lo dices en serio?

—Mira, cuando me acuerde me compraré un reloj con calendario. ¿Qué día es hoy?

—Jueves.

—Resultará difícil conseguir entradas.

—Oh, están agotadas todas. Los chicos pensaron que a lo mejor conocías a alguien...

Pensé en Huysendahl. Probablemente pudiera conseguir entradas sin grandes dificultades. Probablemente también le gustara conocer a mis hijos. Por supuesto, había otras personas que podrían arreglárselas para conseguir entradas a última hora, y a las que no les importaría hacerme un favor.

—No lo sé —le dije—. No me avisas con mucho tiempo, precisamente. —Pero lo que estaba pensando era que no quería ver a mis hijos, no en solo dos días, y no sabía por qué. Y también me estaba preguntando si realmente querrían que los llevara al partido o simplemente querían ir, y sabían que yo sería capaz de conseguir entradas.

Le pregunté si no había otros partidos en casa.

—El jueves, pero al día siguiente tienen clase.

—Sí, pero también es mucho más posible que el sábado.

—Bueno, no me gusta que se acuesten tarde cuando tienen colegio.

—Probablemente pueda conseguir entradas para el partido del jueves.

—Bueno...

—No podré conseguirlas para el sábado, pero probablemente pueda encontrar algo para el jueves. Será más tarde en la liga, y será un partido más importante.

—Vale, si es así como quieres hacerlo. Si digo que no porque es víspera de clase, entonces la mala soy yo.

—Creo que voy a colgar.

—No, no cuelgues. De acuerdo, el jueves está bien. ¿Llamarás si consigues entradas?

Le aseguré que así lo haría.

Era extraño: quería estar borracho, pero no me apetecía gran cosa beber. Me quedé sentado en el cuarto un rato, y luego me fui caminando hasta el parque y me senté en un banco. Un par de chicos se acercaron bastante resueltamente a un banco cercano. Se sentaron y encendieron sendos cigarrillos, y entonces uno se fijó en mí y le dio un codazo a su compañero, que miró con cuidado en mi dirección. Se levantaron y se alejaron, volviendo la vista atrás de vez en cuando para asegurarse de que no los seguía. Me quedé donde estaba. Me imaginé que uno de ellos había estado a punto de venderle drogas al otro, y que al verme habían decidido no cerrar la transacción a la vista de alguien con pinta de policía.

No sé cuánto tiempo me quedé ahí sentado. Un par de horas, supongo. De cuando en cuando, un mendigo intentaba sablearme. A veces contribuía a la compra de la siguiente botella de vino dulce; otras le decía al vagabundo que se largara.

Para cuando salí del parque y subí andando hasta la Novena Avenida, la iglesia de San Pablo ya estaba cerrada. La parte de abajo, sin embargo, acababa de abrir. Era demasiado tarde para rezar, pero justo la hora adecuada para jugar al bingo.

El Armstrong estaba abierto, y habían sido un día y una noche muy largos y muy secos. Les dije que se olvidaran del café.

Las siguientes cuarenta horas o así resultaron bastante borrosas. No sé cuánto tiempo estuve en el Armstrong ni adónde fui después. En algún momento de la mañana del viernes, me desperté solo en una habitación de hotel por la zona de las calles Cuarenta, un cuarto sórdido en la clase de hotel al que las putas de Times Square llevan a sus clientes. No tenía recuerdo de haber estado con una mujer, y todo mi dinero estaba en la cartera, así que parecía que me había registrado solo.

Había un botellín de bourbon vacío en unas dos terceras partes encima de la cómoda. Lo terminé, me fui del hotel y seguí bebiendo, y la realidad se esfumó de forma intermitente, y en algún momento de esa noche debí de decidir que ya bastaba, porque logré encontrar el camino de vuelta a mi hotel.

El sábado por la mañana me despertó el teléfono. Pareció sonar muchas veces antes de que me despabilase lo suficiente para descolgarlo. Conseguí tirarlo de la mesita de noche al suelo, y para cuando logré recogerlo y llevármelo al oído, estaba razonablemente consciente.

Era Guzik.

—Es difícil dar contigo —dijo—, llevo intentando localizarte desde ayer. ¿No te han dado mis mensajes?

—No he pasado por la recepción.

—Tengo que hablar contigo.

—¿De qué?

—Cuando nos veamos. Estaré ahí en diez minutos.

Le pedí que me diese media hora. Me dijo que me esperaría en el vestíbulo, y le dije que me parecía estupendo.

Me metí en la ducha: primero caliente, luego fría. Me tomé un par de aspirinas y bebí mucha agua. Tenía resaca, que desde luego me había ganado a pulso, pero aparte de eso me sentía razonablemente bien. La bebida me había purgado. Seguiría cargando con la muerte de Henry Prager en la conciencia —no es posible quitarse del todo de encima ese tipo de peso—, pero había logrado ahogar parte de la culpa, y ya no resultaba tan agobiante como lo había sido.

Cogí la ropa que llevaba puesta, la hice un barullo y la metí en el armario. Cuando fuera el momento, ya pensaría si el tinte podía devolverla a su estado original, pero por el momento no quería ni pensar en ello. Me afeité y me puse ropa limpia y me bebí otros dos vasos de agua del grifo. Las aspirinas me habían quitado el dolor de cabeza, pero estaba deshidratado de tantas horas dándole a la priva, y todas las células de mi cuerpo sentían una sed insaciable.

Bajé al vestíbulo antes de que llegara. Pregunté en recepción y vi que me había llamado cuatro veces. No había más mensajes, y ninguna carta interesante. Estaba leyendo una de las cartas sin interés —una aseguradora me ofrecía un dietario forrado en piel completamente gratis con solo comunicarles mi fecha de nacimiento— cuando entró Guzik. Vestía un traje de buen corte: había que fijarse mucho para darse cuenta de que llevaba pistola.

Se acercó y se sentó en una silla a mi lado. Me volvió a decir que era muy difícil dar conmigo.

—Quise hablar contigo en cuanto vi a la señora Ethridge —empezó—. Joder, menuda pájara, ¿verdad? Engaña mucho. Hay momentos en que parece imposible que haya sido una furcia, pero al minuto no puedes creer que haya sido otra cosa en su vida.

—Sí que es rara, es verdad.

—Ajá. Sale libre a alguna hora hoy.

—¿Ha conseguido libertad bajo fianza? Pensé que la ficharíais por asesinato en primer grado.

—Nada de fianza. No la hemos fichado por nada. No tenemos nada en su contra.

Lo miré, y noté cómo se me tensaban los músculos de los antebrazos.

—¿Cuánto le ha costado? —pregunté.

—Ya te lo he dicho, no ha habido fianza. No...

—¿Cuánto le ha costado librarse de una acusación de asesinato? Siempre oí decir que si tenías dinero suficiente podías irte de rositas de un homicidio. Nunca he visto a nadie conseguirlo, pero lo he oído contar, y...

Estaba casi a punto de atizarme, y por Dios, que esperaba que lo intentase, porque necesitaba una excusa buena para hacerle atravesar la pared. Los ojos se le entrecerraron hasta quedar convertidos en ranuras y se le hinchó un tendón en el cuello. Entonces se relajó de repente, y le volvió el color normal al rostro.

—Bueno —contestó—, no podías pensar de otra manera, ¿no?

—¿Y bien?

Sacudió la cabeza.

—No teníamos nada contra ella —repitió—, eso es lo que intentaba contarte.

—¿Y qué hay de Spinner Jablon?

—Ella no lo mató.

—Lo hizo su matón. Su chulo, o lo que coño fuese, ese Lundgren.

—Ni hablar.

—¡Qué dices!

—Que ni hablar —repitió Guzik—. Estaba en California. En una ciudad llamada Santa Paula, a medio camino entre Los Ángeles y Santa Bárbara.

—Vino y volvió en avión.

—No hay tu tía. Estaba allí desde unas semanas antes de que pescáramos a Jablon en el río hasta un par de días después, y no hay quien pueda desmontar esa coartada. Estuvo treinta días en la cárcel municipal de Santa Paula. Lo detuvieron por agresión y lo dejaron declararse culpable de embriaguez y escándalo público. Cumplió los treinta días enteros y verdaderos. No hay forma humana de que estuviese en Nueva York cuando se cargaron a Spinner.

Me quedé mirándolo fijamente.

—A lo mejor ella tenía algún otro novio —siguió—; se nos ocurrió esa posibilidad. Podríamos intentar encontrarlo, pero no tiene mucho sentido. No iba a usar a un tío para liquidar a

Jablon y a otro para ajustarte a ti las cuentas. No tiene ningún sentido.

—¿Y qué hay del intento de matarme?

—¿Que qué hay? —Se encogió de hombros—. A lo mejor lo organizó ella, a lo mejor no. Ella jura que no. Su historia es que cuando empezaste a apretarle las tuercas llamó a Lundgren para pedirle consejo, y él cogió un avión para ver si podía echarle una mano. Asegura que le pidió que no se pusiera bruto, porque pensaba que podría comprarte. Esa es su historia, pero ¿qué esperabas que dijese? A lo mejor quería que te matara, y a lo mejor no; pero ¿de qué pruebas disponemos para montar una acusación? Lundgren está muerto, y nadie más dispone de información que la implique de ninguna forma. No hay ninguna prueba que la relacione con la agresión que sufriste. Se puede probar que conocía a Lundgren y que tenía motivos para quererte muerto. No se puede probar que fuese su cómplice ni que conspirase para cometer ningún delito. No se puede presentar nada que sirva de base a la acusación, ni siquiera puedes presentar algo que haga que la oficina del fiscal del distrito se tome en serio todo el asunto.

—¿No hay forma de que estén mal los registros de la cárcel de Santa Paula?

—Ni hablar. Spinner habría tenido que pasarse un mes en remojo en el río, y eso no ocurrió.

—No. Estaba vivo unos diez días antes de la fecha en que se halló su cuerpo. Hablé con él por teléfono. No lo entiendo. Beverly Ethridge tenía que tener otro cómplice.

—A lo mejor. El polígrafo dice que no.

—¿Aceptó someterse a la prueba del detector de mentiras?

—Ni se lo pedimos; lo exigió ella. La deja completamente libre de sospecha en lo que se refiere a Spinner. No está tan claro en cuanto al ataque que sufriste. El experto que llevó a cabo la prueba dice que se advierte algo de tensión, y que, en su opinión, ella sabía, sin saberlo del todo, que Lundgren iba a intentar liquidarte.

Que lo debía de sospechar, pero que no lo habían hablado, y había evitado pensar en ello.

—Esas pruebas no son seguras al cien por cien.

—Se le acercan bastante, Matt. A veces pueden hacer parecer culpable a una persona inocente, sobre todo si el técnico no es muy bueno en su oficio. Pero si dicen que eres inocente, es una apuesta bastante segura de que lo eres. A mí me parece que tendrían que aceptarse en los juicios.

Yo siempre había pensado eso mismo. Me quedé un rato allí sentado, pasando revista a todo en mi mente hasta lograr encajar todas las piezas. Tomó su tiempo. Mientras, Guzik siguió hablando del interrogatorio de Beverly Ethridge, aderezando sus observaciones con comentarios sobre lo que le gustaría poder hacer con ella. No le hice mucho caso.

—El del coche no fue él —dije de pronto—. Tenía que haberme dado cuenta antes.

—¿Cómo?

—El coche —insistí—. Te dije que un coche intentó pasarme por encima una noche. La misma noche en que me fijé por primera vez en Lundgren, y fue en el mismo sitio donde me atacó luego con el cuchillo, así que por fuerza pensé que había sido el mismo tipo las dos veces.

—¿No llegaste a ver al conductor?

—No. Pensé que había sido Lundgren, porque me había estado siguiendo esa noche y creí que me había tendido una trampa. Pero no hubiera sido así. No era su estilo: le gustaba demasiado ese cuchillo suyo.

—¿Y entonces quién fue?

—Spinner me contó que alguien se subió con el coche a la acera una vez a su paso. El mismo sistema.

—¿Quién?

—Sin olvidar la voz al teléfono. Luego no hubo más llamadas.

—Me he perdido, Matt.

Lo miré.

—Estoy intentando hacer que encajen las piezas. Eso es todo. Alguien mató a Spinner.

—La pregunta es: ¿quién?

—Esa es la pregunta —asentí.

—¿Alguno de los otros primos sobre los que te pasó información?

—No, están todos libres de sospecha —dije—. Igual había más gente que se la tenía jurada de la que me dijo. A lo mejor añadió algún otro nombre a su cartera de clientes después de entregarme el sobre. ¡Diablos! Hasta puede que lo asaltase alguien para robarle la cartera, le atizó demasiado fuerte, le entró el pánico y tiró el cadáver al río.

—Esas cosas pasan.

—Claro que pasan.

—¿Crees que encontraremos alguna vez al que se lo cargó?

Negué con la cabeza.

—¿Tú sí?

—No —dijo Guzik—, no creo que lo encontremos nunca.

19

Nunca había estado en el edificio antes. Había dos porteros de servicio y un ascensorista. Los porteros se aseguraron de que se esperaba mi visita, y el ascensorista me subió dieciocho pisos en un suspiro, y me indicó cuál era la puerta que buscaba. No se movió hasta que hube llamado al timbre y me dejaron entrar.

El apartamento era tan impresionante como el resto del inmueble. Había una escalera que llevaba a un segundo piso. Una doncella de tez aceitunada me condujo hasta una especie de gran refugio con paredes forradas de roble y una chimenea. Cerca de la mitad de los libros que había en las estanterías estaban encuadernados en cuero. Era una habitación muy confortable en un apartamento muy espacioso. El piso había costado casi doscientos mil dólares, y solo los gastos de mantenimiento mensuales ascendían a unos mil quinientos.

Cuando tienes dinero de sobra, te puedes comprar casi cualquier cosa que se te antoje.

—Enseguida estará con usted —dijo la doncella—. El señor ha dicho que se sirva usted una copa.

Señaló hacia un mueble bar situado junto a la chimenea. Había hielo en un cubo de plata, y un par de docenas de botellas. Me senté en una butaca de cuero rojo y aguardé.

No tuve que esperar mucho. Entró en la habitación. Vestía pantalones de franela blancos y una *blazer* de cuadros, y llevaba zapatillas de estar por casa de cuero.

—Bien, veamos —dijo, y sonrió para mostrar lo mucho que se alegraba de verdad de verme—. Tomará usted una copa, espero.

—Ahora mismo no.

—Es un poco pronto para mí también, de hecho. Parecía bastante urgente por teléfono, señor Scudder. Supongo que se ha pensado mejor lo de trabajar para mí.

—No.

—Me había dado la impresión de...

—Eso fue para poder venir aquí.

Frunció el ceño.

—No estoy seguro de entender.

—Realmente no estoy seguro de si lo entiende o no, señor Huysendahl. Pero me parece que sería mejor que cerrase la puerta.

—No me gusta su tono.

—No va a gustarle nada de esto —dije—. Pero le gustará aún menos si deja la puerta abierta. Creo que debería cerrarla.

Estuvo a punto de decir algo, puede que otra observación sobre mi tono de voz y lo poco que le gustaba, pero en lugar de hablar cerró la puerta.

—Siéntese, señor Huysendahl.

Estaba acostumbrado a dar órdenes, no a recibirlas, y pensé que iba a discutir. Pero se sentó, y su cara no era lo bastante impenetrable para impedir que me diese cuenta de que sabía de qué iba la cosa. Yo ya estaba seguro de todas maneras, porque no había otra forma de hacer que encajasen todas las piezas, pero su expresión me lo confirmó.

—¿Me va a decir de una vez de qué va esto?

—Oh, claro que se lo voy a decir. Pero creo que ya lo sabe, ¿verdad?

—Ciertamente, no.

Eché un vistazo por encima de su cabeza a un retrato al óleo del antepasado de alguien; tal vez uno suyo. No aprecié ningún parecido familiar, en todo caso.

—Usted mató a Spinner Jablon —dije.

—Se ha vuelto usted loco.

—No.

—Ya ha descubierto quién mató a Jablon. Me lo contó anteayer.

—Estaba equivocado.

—No sé qué pretende usted, Scudder...

—Un hombre intentó matarme el miércoles por la noche. —Lo corté—. Ya lo sabe usted. Asumí que era el mismo que había matado a Spinner, y conseguí relacionarlo con una de las otras víctimas de Jablon, así que pensé que usted estaba limpio. Pero resultó que mi sospechoso no pudo matar a Spinner, porque estaba en la otra punta del país en ese momento. Su coartada para el momento de la muerte de Spinner es de lo más sólida. Estaba en la cárcel.

Lo miré. Se mostraba paciente ahora, y me escuchaba con la misma mirada fija que había puesto el jueves por la tarde cuando le conté que estaba a salvo.

—Debí de suponer que no era el único implicado —seguí—; que más de una de las víctimas de Spinner había decidido resistirse. El hombre que trató de matarme era un solitario. Le gustaba usar el cuchillo. Pero antes me habían atacado uno o dos hombres en un coche robado. Y pocos minutos después de ese intento recibí una llamada de un hombre mayor con acento neoyorquino. Ya había recibido otra llamada de ese hombre antes. No tenía ningún sentido que el artista del cuchillo tuviese un cómplice. Así que otra persona tenía que estar detrás del jueguecito del coche, y otra persona era responsable de haberle atizado a Spinner en la cabeza y de haberlo tirado al río.

—Eso no significa que yo tuviera algo que ver en ello.

—Yo creo que sí. En cuanto sale de escena el hombre del cuchillo, resulta obvio que todo lo señalaba a usted desde el principio. Lundgren era un aficionado, pero desde cualquier punto de vista, la otra operación era bastante profesional. Un coche robado en otro barrio con un tipo muy bueno al volante. Hombres lo bastante buenos para encontrar a Spinner cuando él no quería ser hallado. Usted tenía el dinero necesario para contratar a esa clase de profesionales. Y también tenía los contactos.

—Eso es un disparate.

—No —repuse—, lo he estado pensando. Una cosa que me despistó fue su reacción la primera vez que fui a su oficina. Usted no supo que Spinner estaba muerto hasta que le enseñé el suelto del periódico. Casi lo descarté entonces, porque no podía creer que fingiese tan bien una reacción de sorpresa. Pero, por supuesto, no era fingida. Usted realmente ignoraba que estaba muerto, ¿no es así?

—Por supuesto que sí. —Echó los hombros hacia atrás—. Y creo que es una prueba bastante clara de que no tuve nada que ver en su muerte.

Negué con la cabeza.

—Eso solo significa que usted aún no lo sabía. Y se sorprendió al descubrir que Spinner estaba muerto y que el juego no terminaba con su muerte. Yo no solo tenía las pruebas contra usted, sino que también sabía que estaba relacionado con Jablon y era un posible sospechoso de su muerte. Eso, naturalmente, lo desconcertó un poco.

—No puede demostrar nada. Puede decir que contraté a alguien para matar a Spinner. No lo hice, y se lo puedo jurar, pero difícilmente voy a poder probarlo tampoco. Pero lo relevante es que no me corresponde a mí probarlo, ¿no le parece?

—Así es.

—Y puede acusarme de todo lo que se le ocurra, pero tampoco dispone de la sombra de una prueba, ¿me equivoco?

—No tengo ninguna, no.

—Entonces tal vez quiera decirme ya para qué ha querido venir aquí esta tarde, señor Scudder.

—No tengo pruebas, eso es cierto. Pero tengo otra cosa, señor Huysendahl.

—¿Sí?

—Tengo esas fotografías.

Se quedó boquiabierto.

—Me aseguró usted que...

—Que las había quemado.

—Sí.

—Pensaba hacerlo. Era más fácil decirle que ya lo había hecho. Estuve ocupado después, y no llegué a hacerlo. Y entonces, esta mañana, me enteré de que el hombre del cuchillo no era el asesino de Spinner, y repasé las cosas que ya sabía y llegué a la conclusión de que tenía que haber sido usted. Así que casi mejor que no llegase a quemar las fotos, ¿verdad?

Se incorporó lentamente.

—Creo que me tomaré esa copa después de todo —dijo.

—Adelante, por favor.

—¿No quiere usted acompañarme?

—No.

Echó unos cubitos de hielo en un vaso largo, se sirvió whisky escocés y añadió soda con un sifón. Se tomó su tiempo para preparar la copa, y luego se acercó a la chimenea y se acodó en la repisa de roble pulido. Tomó unos cuantos sorbitos de su bebida antes de darse la vuelta y mirarme de nuevo.

—Entonces hemos vuelto a donde empezamos —dijo—, y ha decidido usted hacerme chantaje.

—No.

—¿Y por qué si no es tanta suerte para usted el no haber quemado las fotos?

—Porque es el único medio de presión que tengo sobre usted.

—¿Y qué va a hacer con ello?

—Nada.

—Entonces...

—Es usted el que va a hacer algo, señor Huysendahl.

—¿Y qué voy a hacer?

—No presentarse a gobernador.

Me miró fijamente. La verdad es que no quería mirarlo a los ojos, pero me obligué a hacerlo. Ya no intentaba mantener impasible el rostro, y pude ver cómo pensaba una cosa y luego otra y se daba cuenta de que ninguna lo llevaba a una conclusión útil.

—Se lo ha pensado bien, Scudder.

—Sí.

—Detenidamente, supongo.

—Sí.

—Y no quiere nada, ¿verdad? Dinero, poder, las cosas que quiere la mayoría de la gente. Y tampoco me serviría de nada mandar otro cheque a la Ciudad de los Muchachos.

—No.

Asintió. Se frotó la punta de la barbilla con un dedo.

—No sé quién mató a Jablon —dijo.

—Lo suponía.

—Yo no ordené que lo matasen.

—Pero la orden vino de usted. De una forma u otra, es usted el hombre que está detrás de todo.

—Probablemente.

Lo miré.

—Preferiría poder creer otra cosa —dijo—. Cuando usted el otro día me contó que había encontrado al asesino de Jablon, me sentí enormemente aliviado. No porque pensase que el asesinato pudiera quizás achacárseme, o que algún tipo de pista pudiese conducir hasta mí, sino porque, honestamente, no sabía si era de alguna forma responsable de su muerte.

—No la ordenó directamente.

—No, claro que no. No quería verlo muerto.

—Pero alguien de su organización...

Soltó un gran suspiro.

—Al parecer, alguien decidió coger las riendas del asunto. Yo había... confiado a varias personas que estaba siendo objeto de chantaje. Pareció posible recuperar las pruebas sin acceder a las demandas de Jablon. Aún más importante: era necesario encontrar la forma de comprar el silencio de Jablon de forma permanente. El problema del chantaje es que uno nunca deja de pagar. El ciclo puede eternizarse, no hay forma de controlarlo.

—Así que alguien intentó asustar a Spinner al volante de un coche.

—Eso parece.

—Y cuando eso no dio resultado, alguien contrató a un tipo para que contratase a alguien para matarlo.

—Supongo que sí. No lo puede demostrar. Y lo que tal vez resulte aún más relevante: yo mismo no puedo demostrarlo.

—Pero usted lo supo todo el tiempo, ¿verdad? Porque me advirtió que lo único que podría conseguir sería un solo pago. Y que si intentaba volver a extorsionarlo, haría que me mataran.

—¿De verdad dije eso?

—Creo que se acuerda de haberlo dicho, señor Huysendahl. Tendría que haberme fijado en su momento en la relevancia de lo que dijo. Pensaba usted en el asesinato como un arma de su panoplia, porque ya había recurrido a ella una vez.

—Nunca, ni un solo momento, quise que muriera Jablon.

Me puse en pie y le dije:

—El otro día leí algo sobre Tomás Becket. Era íntimo de un rey de Inglaterra, uno de los Enriques. Creo que Enrique II.

—Me parece que ya veo el paralelismo.

—¿Conoce usted la historia? Cuando llegó a ser arzobispo de Canterbury, dejó de ser el amigo de Enrique y cumplió su cometido según su conciencia. Irritó a Enrique, que se lo hizo saber a algunos de sus acólitos: «¡Ay, si alguien pudiera librarme de ese cura rebelde!».

—Pero él nunca quiso que asesinaran a Becket.

—Eso decía él —asentí—. Sus subordinados decidieron que Enrique había firmado la sentencia de muerte de Becket. Pero Enrique no lo vio así, él solo había estado pensando en voz alta, y se disgustó mucho cuando se enteró de la muerte de Tomás Becket. O por lo menos fingió sentirse muy disgustado. Como ya no está por aquí, no se lo podemos preguntar.

—Y su postura es que Enrique era responsable.

—Lo que estoy diciendo es que yo no le votaría si se presentase a gobernador del estado de Nueva York.

Apuró su copa. Puso el vaso en el mueble bar y se sentó de nuevo en su butaca, cruzando las piernas.

—Y si me presentase a gobernador... —dijo.

—Entonces los principales diarios del estado recibirían un juego completo de esas fotos. Mientras no anuncie usted su candidatura, se quedarán donde están.

—¿Y eso dónde es?

—En un sitio muy seguro.

—Y no tengo otra opción.

—No.

—Ninguna elección.

—Ninguna.

—Tal vez pudiera saber quién es el responsable de la muerte de Jablon.

—Tal vez sí. Pero también es posible que no. ¿Y de qué serviría? Se trata seguramente de un profesional, y no habría pruebas que lo vinculasen ni a usted ni a Jablon, y mucho menos que permitiesen llevarlo a juicio. Y además no podría hacerle nada sin quedar al descubierto usted mismo.

—Está haciendo esto terriblemente difícil, Scudder.

—Estoy poniéndoselo muy fácil. Lo único que tiene que hacer es olvidarse de ser gobernador.

—Podría ser un gobernador excelente. Ya que es usted tan partidario de los paralelismos históricos, podría considerar más detenidamente el caso de Enrique II. Es considerado uno de los mejores monarcas de Inglaterra.

—De eso yo no sé nada.

—Yo sí.

Me contó varias cosas sobre Enrique II. Me dio la impresión de que sabía bastante al respecto. Igual hasta era interesante. No le presté demasiada atención. Luego siguió diciéndome lo buen gobernador que podría ser, y lo mucho que podría hacer por la población del estado.

Lo interrumpí.

—Tiene usted muchos planes —dije—, pero eso no significa nada. Nunca podría ser un buen gobernador. No va a ser ninguna clase de gobernador, porque yo no se lo voy a permitir, pero no podría ser uno bueno, porque es usted capaz de trabajar con gente capaz de cometer un asesinato. Eso basta para descalificarlo.

—Podría despedir a esa gente.

—Yo no sabría si lo ha hecho o no. Y los individuos no son tan importantes.

—Ya veo. —Suspiró de nuevo—. No era una gran persona, ¿sabe? No estoy intentando justificar el asesinato al decírselo. Era un ladrón de poca monta y un chantajista chapucero. Empezó por echarme el lazo abusando de una flaqueza personal mía, y luego intentó desangrarme.

—No era una gran persona en absoluto. —Le di la razón.

—Sin embargo, su asesinato le parece muy importante.

—No me gusta el asesinato.

—Es usted de los que creen que la vida humana es sagrada, pues.

—No sé si creo que haya algo sagrado o no. Es una cuestión muy complicada. Yo he quitado vidas. Hace unos días maté a un hombre. No mucho antes, contribuí a la muerte de otro. Mi contribución fue involuntaria. Eso no ha hecho que me sienta mucho mejor. No sé si la vida humana es sagrada: sencillamente, no me gusta el asesinato. Y usted está a punto de irse de rositas tras cometer uno, y eso me molesta, y solo voy a hacer una cosa al respecto. No quiero matarlo, no quiero sacar a la luz sus vergüenzas, no quiero nada de eso. Estoy harto de jugar a ser una versión incompetente de Dios. Lo único que voy a hacer es mantenerlo a usted lejos de Albany.

—¿Y eso no es jugar a ser Dios?

—Yo no lo creo.

—Dice usted que la vida humana es sagrada. No explícitamente, pero esa parece ser su postura. ¿Y qué hay de mi vida, señor Scudder? Desde hace años me ha importado una sola cosa, y usted pretende decirme que no puedo alcanzarla.

Paseé la mirada por la habitación. Los retratos, los adornos, el mueble bar.

—A mí me da la impresión de que le va bastante bien —dije.

—Tengo bienes materiales. Puedo permitírmelos.

—Pues disfrútelos.

—¿No hay forma alguna de comprarlo a usted? ¿Tan auténticamente incorruptible es?

—Probablemente sea corrupto, según la mayoría de las definiciones. Pero no, no me puede comprar, señor Huysendahl.

Esperé a que dijera algo. Pasaron unos cuantos minutos y solo se quedó donde estaba, en silencio, con la mirada perdida en la distancia. Busqué la salida yo solo.

20

Esta vez, llegué a San Pablo antes de que cerrase. Metí una décima parte de lo que le había quitado a Lundgren en el cepillo de los pobres. Encendí unas cuantas velas para unos cuantos muertos que me vinieron a la mente. Me quedé sentado un rato, mirando a la gente que esperaba su turno para confesarse. Llegué a la conclusión de que me daban envidia, pero no la suficiente para querer hacer algo al respecto.

Crucé la calle y fui al Armstrong, y me tomé un plato de judías con salchichas, y después una copa y una taza de café. Había terminado, ahora sí había terminado todo, y podía beber con normalidad de nuevo: sin emborracharme, pero sin llegar a estar nunca del todo sobrio. De vez en cuando saludaba a algún conocido con la cabeza, y algunos me devolvían el saludo. Era sábado, así que Trina libraba, pero Larry hacía igual de bien el trabajo de traerme más café y bourbon en cuanto se me terminaban.

La mayor parte del tiempo dejé vagar mi mente, pero a ratos me sorprendí a mí mismo pensando en los acontecimientos ocurridos desde que Spinner había entrado en el bar y me había dado su sobre. Probablemente había una forma de haber manejado mejor las cosas. Si hubiese estado más ágil y más interesado desde el principio, puede que hasta hubiera conseguido mantener a Spinner con vida. Pero se había acabado ya, y para mí el caso ya estaba cerrado, e incluso me había sobrado algo de su dinero después de lo que le había dado a Anita y a las iglesias y a varios camareros, y ahora podía relajarme.

—¿Está ocupada esta silla?

Ni siquiera la había visto entrar. Alcé la vista y ahí estaba. Se sentó enfrente de mí y sacó un paquete de cigarrillos del bolso. Cogió uno y lo encendió.

—Llevas el traje de chaqueta blanco con pantalón —dije.

—Es para que puedas reconocerme. Sí que te las has arreglado para ponerme la vida patas arriba, Matt.

—Supongo que sí. No van a presentar cargos, ¿verdad?

—No pueden presentarse ni a su madre, mucho menos cargos. Johnny nunca supo que existía Spinner. Ojalá fuese ese mi mayor quebradero de cabeza.

—¿Tienes alguno más?

—Por decirlo de algún modo, acabo de librarme de uno. Me ha costado un montón deshacerme de él, eso sí.

—¿Tu marido?

Asintió.

—Sin esforzarse demasiado, ha decidido que soy un lujo del que tiene toda la intención de prescindir. Se va a divorciar, y no voy a conseguir ninguna pensión, porque si le pongo la menor dificultad, me hará la vida diez veces más difícil que yo a él, y creo que probablemente lo haría. No es que no haya salido ya bastante mierda en los periódicos hasta ahora.

—No he seguido mucho la prensa últimamente.

—Pues te has perdido verdaderas lindezas. —Dio una calada al cigarrillo y exhaló una nube de humo—. Realmente solo bebes en sitios con clase, ¿verdad? Te busqué en tu hotel, pero no estabas, así que miré en el Polly Cage y allí me dijeron que venías mucho por aquí. No puedo entender por qué.

—Me conviene.

Echó la cabeza para un lado, estudiándome.

—¿Sabes una cosa? Es verdad. ¿Me invitas a una copa?

—Claro.

Llamé a Larry, y ella le pidió una copa de vino.

—Probablemente no sea gran cosa —dijo—, pero por lo menos es difícil que el barman lo estropee más. —Cuando se la trajeron, la alzó en un brindis y le devolví el gesto con mi copa—: Por los días felices —dijo.

—Por los días felices.

—No quería que te matara, Matt.

—Yo tampoco.

—Lo estoy diciendo en serio. Lo único que pretendía era ganar tiempo. Lo habría resuelto todo yo sola, de una forma o de otra. Nunca avisé a Johnny, ¿sabes? ¿Cómo habría sabido dónde dar con él? Fue él quien me llamó al salir de la cárcel. Quería que le mandara dinero. Solía pedírmelo de tanto en tanto, cuando estaba sin blanca. Me sentía culpable por haber sido testigo de la acusación aquella vez, aunque había sido idea suya. Pero cuando lo tuve al teléfono no pude evitar contarle que estaba en apuros, y fue un error. Él era un problema mucho mayor que todos los que he podido tener en mi vida.

—¿Qué poder tenía sobre ti?

—No lo sé. Pero siempre lo tuvo.

—Le dijiste quién era yo. Aquella noche en el Polly.

—Quería echarte un ojo.

—Me lo echó. Luego concerté una cita contigo el miércoles. Lo bonito es que quería decirte que estabas a salvo. Pensaba que ya sabía quién era el asesino, y quería decirte que el cuento del chantaje se había terminado para siempre. Pero tú pospusiste el encuentro un día y lo mandaste detrás de mí.

—Iba a hablar contigo para asustarte, conseguir más tiempo, algo así.

—Él no lo veía de ese modo. Tenías que imaginarte que intentaría hacer lo que hizo.

Dudó un momento, luego hundió los hombros.

—Sabía que existía esa posibilidad. Era... había algo salvaje en él. —Se sonrojó de repente y sus ojos centellearon—. Tal vez me hiciste un favor. Igual estoy mejor con él fuera de mi vida.

—Mucho mejor de lo que piensas.

—¿Qué quieres decir?

—Quiero decir que había una muy buena razón por la que quería verme muerto. Solo me lo estoy figurando, pero me gustan mis figuraciones. Te habrías conformado con darme largas hasta que tuvieras dinero, lo que habría ocurrido en cuanto Kermit pudiera disponer del capital de su herencia. Pero Lundgren no podía permitirse tenerme por en medio, ahora o más tarde. Porque tenía grandes planes para ti.

—¿Qué quieres decir?

—¿No lo adivinas? Probablemente te dijese que tendrías que divorciarte de Ethridge en cuanto tuviese el dinero suficiente para que mereciera la pena.

—¿Cómo lo sabías?

—Ya te lo he dicho. Solo me lo figuraba. Pero creo que él no lo habría hecho así. Lo habría querido todo. Habría esperado a que tu marido heredase el dinero, y luego se habría tomado su tiempo para prepararlo todo a conciencia, y un día de repente te habrías encontrado convertida en una viuda muy rica.

—¡Ay, Dios!

—Luego te hubieras vuelto a casar, y tu nombre sería Beverly Lundgren. ¿Cuánto crees que habría tardado en añadir otra muesca más en su cuchillo?

—¡Jesús!

—Por supuesto, solo es como me lo figuro yo.

—No. —Le dio un escalofrío, y de repente su rostro perdió buena parte de su refinamiento, y volvió a parecerse al de la muchacha que había dejado de ser hacía mucho tiempo—. Lo habría hecho exactamente así. Es más que una figuración. Es justo como lo habría hecho.

—¿Otra copa de vino?

—No. —Puso una mano encima de la mía—. Había venido dispuesta a montarte un número por destrozarme la vida. Pero a lo mejor no es eso lo que has hecho. A lo mejor me la has salvado.

—Nunca lo sabremos, ¿verdad?

—No. —Apagó el cigarrillo y siguió—. Bueno, ¿adónde voy yo ahora? Estaba empezando a acostumbrarme a una vida de ocio, Matt. Me parece que la llevaba con cierto estilo.

—Eso desde luego.

—Y ahora, de repente, tengo que encontrar una forma de ganarme la vida.

—Ya se te ocurrirá algo, Beverly.

Sus ojos se detuvieron en los míos.

—Es la primera vez que usas mi nombre, ¿sabes?

—Lo sé.

Nos quedamos un rato más así, mirándonos a los ojos. Fue a coger otro cigarrillo, cambió de idea y volvió a meterlo en el paquete.

—Bueno, vaya, vaya —dijo.

Yo no dije nada.

—Pensaba que no te atraía en absoluto. Estaba empezando a preocuparme de haber perdido mi toque. ¿Hay algún sitio al que podamos ir? Me temo que mi casa ha dejado de ser mi casa.

—Está mi hotel.

—Solo me llevas a sitios con clase —dijo, se levantó y cogió su bolso—. Vamos. Ahora mismo, ¿vale?

LAWRENCE BLOCK

MATTHEW SCUDDER

1. Los pecados de nuestros padres, RBA

Una prostituta ha sido asesinada en su apartamento. El principal sospechoso, el hijo de un sacerdote, se ha suicidado en la cárcel, así que, para la policía, el caso está cerrado. Pero el padre de la prostituta quiere llegar al fondo del asunto y recurre a Matthew Scudder, un expolicía que ahora es investigador por su cuenta.

2. Tiempo para crear, tiempo para matar, RBA

Jake Jablon, un soplón de poca monta, se convierte en un chantajista, una ocupación rentable pero peligrosa. Tan peligrosa que un día su cuerpo aparece flotando en el East River. Solo a una persona parece importarle su muerte: Matthew Scudder, un investigador al que la víctima ha pagado de antemano.

3. En medio de la muerte, RBA

Jerry Broadfield cree que es un buen policía. Pero ha sido acusado de extorsión y sus excompañeros le odian por denunciar la corrupción policial. A estos problemas se les suma otro: han encontrado a una prostituta muerta en su apartamento. Broadfield dice que es una trampa, pero solo Matthew Scudder le cree.

4. Cuchillada en la oscuridad

Louis Pinell confiesa haber asesinado a siete mujeres hace nueve años. Pero niega rotundamente haber matado a Barbara Ettinger y asegura que ha sido un imitador de sus métodos. Matthew Scudder le cree y está dispuesto a seguir el peligroso camino que lleva hasta el verdadero asesino de Barbara Ettinger.

5. Ocho millones de maneras de morir, RBA

Matthew Scudder sabe que una persona en Nueva York puede caer muy bajo. Una prostituta llamada Kim también lo sabía y por eso quería escapar. Pero no lo logró porque acabó asesinada. Ahora Scudder quiere encontrar al culpable, aunque para ello tenga que descubrir terribles secretos en el pasado de la víctima.

6. Cuando el antro sagrado cierra

Hubo un tiempo en que Matthew Scudder solo bebía y, a veces, hacía favores a sus amigos. En ese momento, trataba de ayudar a un hombre al que habían estafado y a otro que acababa de ser acusado de matar a su esposa. Matt tendría que mantener la mente clara si quería resolver los casos y seguir con vida.

7. En primera fila (*Out on the Cutting Edge*)

Mick Ballou es un hombre que pasea con naturalidad por su barrio llevando un delantal de carnicero manchado de sangre. Para Matthew Scudder solo es un elemento más dentro de un laberinto en el que intenta encontrar el leve rastro que ha dejado una chica ingenua que aspiraba a ser actriz.

8. Un billete para el cementerio (*A Ticket to the Boneyard*)

Hace doce años, Matthew Scudder mintió a un jurado para encerrar a James Leo Motley. Ahora Motley está libre y quiere que el investigador pague su deuda. Tanto amigos como antiguas amantes de Scudder empiezan a aparecer muertos. Se trata de una despiadada venganza para acabar con el expolicía.

9. Un baile en el matadero

Acaban de contratar a Matthew Scudder para que demuestre que Richard Thurman planeó el brutal asesinato de su esposa. Scudder ha vivido muchos horrores pero este caso parece conducir a un mundo todavía más tenebroso, donde una vida inocente se convierte en simple mercancía.

10. Caminando entre tumbas, RBA

En Nueva York, unos criminales despiadados secuestran a la mujer de un traficante de drogas que, como vive al margen de la ley, no puede recurrir a la policía. Tiene que encontrar otras vías para impartir su propia justicia, así que llama a Matthew Scudder en busca de ayuda para encontrar a los culpables.

11. El diablo sabe que has muerto (*The Devil Knows You're Dead*)

Glenn Holtzmann, un joven triunfador, es asesinado un día por un indigente perturbado. Matthew Scudder, investigador sin licencia, cree que Holtzmann estaba en el lugar y el momento equivocados, pero el hermano del demente acusado del crimen no lo cree así y quiere que Scudder lo demuestre.

12. Una larga hilera de muertos (*A Long Line of Dead Men*)

Un selecto grupo de hombres deciden reunirse anualmente. Lo han hecho durante años, pero ahora hay alguien que quiere acabar con todos ellos. Por eso un miembro del club pide ayuda al expolicía Matthew Scudder, quien de repente tiene acceso a un mundo privilegiado muy diferente al suyo.

13. Incluso los malvados (*Even the Wicked*)

En Nueva York es fácil eludir la justicia. Hasta que un día aparece un justiciero que ejecuta a aquellos que, según él, merecen morir. Se trata de un ingenioso asesino en serie que se ha hecho famoso al acabar con personas indeseables, como un pederasta, un mafioso o un violento antiabortista.

14. Todo el mundo muere (*Everybody Dies*)

Por fin Matthew Scudder puede llevar una vida tranquila. El índice de criminalidad desciende en Nueva York, y las calles ya no son tan peligrosas. Pero de repente todo estalla y vuelve a correr la sangre. En este mundo la supervivencia no está garantizada. En este mundo todas las personas mueren.

15. La esperanza de morir (*Hope to Die*)

Todo el mundo está conmocionado tras el brutal asesinato de una pareja en su piso. Sin embargo, unos días más tarde se descubren los cadáveres de los dos culpables en un cuchitril de Brooklyn. La policía cierra el caso, pero Matthew Scudder sospecha que existe un tercer hombre que lo ha organizado todo.

16. Todas las flores se marchitan (*All the Flowers Are Dying*)

Un hombre espera ser ejecutado por tres asesinatos que jura no haber cometido. Un psicólogo, que asegura creer al preso, pasa horas con él hasta el fatídico momento. Mientras tanto, Matthew Scudder acepta un caso que parece sencillo. Pero solo lo parece, porque poco después empieza a morir gente.

17. Un poco de alcohol (*A Drop of the Hard Stuff*)

Durante su primer e infernal año de sobriedad, Matthew Scudder intenta descubrir quién ha matado a Jack Ellery, uno de sus amigos de la infancia. Posiblemente, Jack ha muerto a manos de alguien a quien traicionó en el pasado. Con esta novela, Lawrence Block recupera los orígenes de Matthew Scudder.